AF189497

Die Drillinge Robinson

von Bad Homburg in drei politische Welten

Bad Homburg, Winter 2018/19

Herstellung und Verlag:
BoD- Books on Demand, Norderstedt
ISBN: 978-3-7494-0674-6

Inhalt

Bemerkung 6

Vorgeschichte 6

Kindheit und Jugend der Drillinge 15

Das Unglück 22

Ruth, Wolfgang und James 28

Louis 31

Nils 33

Zwei Monate nach dem Unglück 36

Folgendes Jahr von Ruth, Wolfgang und James 37

Folgendes Jahr von Louis 40

Folgendes Jahr von Nils 42

Folgendes Jahr nach dem Unglück 43

Folgende 10 Jahre von Ruth, Wolfgang und James ... 44

Folgende 10 Jahre von Louis 60

Folgende 10 Jahre von Nils 66

Folgende 10 Jahre nach dem Unglück 80

Viele Jahre später für Ruth, Wolfgang und James 81

Ein kleiner Teil der wesentlichen Merkmale 83

Religion 88

Bevölkerung, Menschen, demografischer Wandel 90

Volkswirtschaft, Zahlungsmittel, EU 101

Politik, Regierung, Demokratie 109

Medizin und Pharma 127

Justiz, Kriminalität und Waffen 131

Wohnen und Gebäude 134

Physik, Technik, Informatik, Wetter und Internet 137

Finanzen und Zahlungsmittel, Geldpolitik 140

Energie 141

Wandel der Erde 146

Ausbildung, Schulen und Universitäten 147

Lebensmittel 149

Mode, Kleidung, Essen 151

Verkehr und Transport 152

Altersversorgung, Sozialsystem, Vermögen 154

Viele Jahre später für Louis 155

Viele Jahre später für Nils 165

Nils und Louis 166

Nils, Louis und James...171

Eine Meinung aus dem Jahre 2017...........................177

Fazit...181

Bemerkung

Die folgenden Geschichten sind frei erfunden, dies betrifft
Personen, ebenso wie Zeiten, politische und soziale Hintergründe.
Die Geschichtsteile, die in der Zukunft spielen beinhalten dennoch
aus meiner Sicht als Autor einen gewissen Grad an Realität. Es
handelt sich dabei um Szenarien, die vorstellbar sind, aber so nicht
eintreten müssen. Da wir zwar alle den Begriff „Prophet" kennen,
wissen wir auch, dass man zukünftige Ereignisse erahnen, aber nicht
vorhersagen kann. Mancher zweibeinige Vertreter der Gattung
Mensch glaubt aber ohne genügend Weitblick und Tiefgang die
Zukunft anderen vorbeten zu können. Wieso fällt mir dazu gerade
die aktuelle Politik ein? Nun zu meinen Geschichten. Wenn dem
Leser der veröffentlichte Artikel von James zu belastend wirkt, so
möge er die Themen nach seinen Interessen gewichten und lesen.

Vorgeschichte

Ruth Bellinghof, eine gebürtige US-Amerikanerin aus San
Francisco, machte im Dezember 1999 drei Wochen Urlaub auf der
Nordseeinsel Juist. Da fragt man sich, wie kommt eine Amerikanerin
dazu auf einer international unbekannten deutschen Insel drei
Wochen Entspannung zu suchen. Nun – Ruth's verstorbener
Großvater war gebürtiger Insulaner, er war Juister. Mit 25 Jahren
zog es ihn in die Ferne, erst zur Freiheitsstatue, dann zu Ellis Island

um zwei Tage später endlich in New York anzukommen. Ruth wurde von ihrer sentimentalen Ader angetrieben den Geburtsort ihres geliebten Großvaters kennen zu lernen. Sie hatte gerade ihr Studium der Germanistik an der „State University of New York" beendet. Ihr kam natürlich sehr zu Gute, dass sie fast perfekt Deutsch sprach und somit keinerlei Hemmungen zeigte sich in Deutschland zurecht zu finden. Etwas ungewöhnlich schien es doch ausgerechnet im Winter auf einer „Sommerinsel" sich die Zeit zu vertreiben. Die Entscheidung war soweit schon verständlich, denn am Ende des Urlaubes auf Juist fuhr Ruth mit der Bahn weiter nach Kitzbühel. Dort traf sie Freunde um in den Alpen Ski zu laufen. Sie schätzte sich als eine mittelmäßige Skiläuferin ein, und dies war der Grund sich einer Skischule anzuschließen. Mit ihren Freunden, es waren drei, feierte sie im Hotel „Tenne" Weihnachten und Silvester. Am 2. Januar 2000 wurde sie in der Skischule in eine bessere Gruppe eingeteilt, weil sie doch besser fuhr als sie vorgab. Damit begann eine lange Geschichte.

In diese Gruppe wurde Wolfgang Robinson aus Bad Homburg eingegliedert, für Ruth ein affektierter Fatzke. Aber Wolfgang bemerkte sofort Ruth und konzentrierte seine Aufmerksamkeit nur auf diese hübsche Amerikanerin. Für Wolfgang bot sich eine Flirtfläche mit einem noch fahlen Beigeschmack. Wolfgang war verheiratet, und das pikanteste, seine Frau war auch in der Skischule, eine Klassifizierung unter ihm. Es ergab sich eine

Situation, die gar nicht mal so ungewöhnlich ist, war aber mit Ecken und Kanten gespickt. Ruth wusste nichts davon und zeigte Interesse an dem „noch" Fatzke.

Die Fakten waren: Ruth hatte kürzlich eine Beziehung beendet, Wolfgang war noch unentdeckt verheiratet, beide zeigten Interesse für einander. Dies mag man durchaus als schwierige Ausgangslage bezeichnen. Der Fairness wegen sollte man die Hintergründe von Wolfgangs Ehe erläutern. Zu diesem Zeitpunkt war Wolfgang fünf Jahre verheiratet und lebte mit seiner damaligen Frau in Trennung, eine Trennung im beiderseitigen Einvernehmen.

Magnetischerweise standen und saßen Ruth und Wolfgang immer zusammen, nicht nur während der Skischule. Sie wohnten in unterschiedlichen Hotels, trafen sich aber abends nach dem Abendessen. Wolfgangs Nochfrau verbrachte die Abende mit ihrer Skitruppe. Ruth und Wolfgang besuchten vor dem Abendessen im Hotel, man kann sagen regelmäßig, in voller Skimontur eine Bar. Sie verknoteten ihre Beine so, dass sich die Skischuh-Schnallen so verhakten, dass Dritte helfen mussten. Das war nicht so sehr peinlich, denn niemand kannte die beiden. Immer wenn Wolfgang sein viertes Bier verkostet hatte, dann war der Ruf nach der Porzellan-Abteilung groß, das Entknoten musste also zügig von statten gehen. Bei Regen abends spazieren zu gehen störte beide überhaupt nicht. Beide versuchten Wolfgangs Nochfrau aus dem Weg zu gehen, nicht ohne Grund. Auch wenn einvernehmliche

Trennung geplant war konnte sich durchaus ein Eifersuchtsszenario entfachen. In Kitzbühel kann man sich nicht immer aus dem Weg gehen. So geschah dann folgendes im Shizzo:

Die freundliche Skischule bat alle Schüler an einem Abend in die Diskothek im Keller des Shizzo. Wolfgang war Schüler, Ruth war Schülerin und die Nochfrau von Wolfgang war Schülerin - das nur zur Feststellung einer Situation. „Wolfgang, jetzt musst Du Ruth alles erzählen" sagte er zu sich, sonst wird ein kleines Liebespflänzlein sofort zerstört. Wolfgang war nicht feige, und es war ihm wichtig klare Verhältnisse zu offerieren und er schaffte Klarheit. Dies hat Ruth, wie man verstehen kann, nicht euphorisch werden lassen. Sie hat aber auch keine Rückzugzeichen signalisiert. Sie dachte sich: „Kann ich dem glauben oder will der nur einen kurzen und unverbindlichen Urlaubsflirt?".

Am Abend in der Diskothek machten Wolfgang, Ruth und Wolfgangs Nochfrau verständlich lange Gesichter. Trotz einem gewissen Geknister in den Gemütern der Drei verlief der Abend ohne Zwischenfälle. Alle Drei waren nun informiert.

So kam dann für alle der letzte Skitag. Ruth und Wolfgang wollten an diesem Tag alleine auf die Piste, alleine den Tag verbringen - sie fuhren den Sonnenrastlift und dies mehrfach. Wolfgang war objektiv gesehen in Vergleich zu Ruth der schlechtere Skiläufer, sie ließ es ihn aber nicht merken. Der Ex-Fatzke musste an diesem Tag nochmal richtig zeigen was er skitechnisch zu bieten hat.

Immer vorneweg in auffälliger Breitbeinspur geschah dann etwas lustiges, wie auch tragisches: Wolfgangs Skier verkanteten sich, es hob ihn von der Piste und bettete ihn sehr unsanft nach einigen Metern auf dem Schnee. „Mein Herz ist gebrochen oder zerrissen!", meine Wolfgang. Es waren lediglich Brustprellungen, allerdings sehr schmerzhafte. Beide fuhren, soweit dies für Wolfgang möglich war, zur nächsten Hütte. Dann schmerzte das rechte Handgelenk und Ruth zeigte ihre soziale Ader. Sie wickelte um das Handgelenk von Wolfgang einen Schal mit Schnee. Für Wolfgang war eine dritte Schmerzquelle zu spüren, Kälte schmerzt auf Dauer. Nun fuhren beide mit der Hahnenkammgondel ins Tal. Wolfgang war, vor dem Unfall, mit einem Auto an die Talstation gefahren und musste nun auch wieder in die Hotelgarage zurück. Hier zeigte sich schon zwischen Ruth und Wolfgang ein später bleibender Teamgeist. Wolfgang lenkte mit einer Hand, er gab Gas, bremste und kuppelte, Ruth durfte schalten. Dies hat recht gut und problemlos funktioniert.

Nach dem letzten Abendessen im Hotel besuchte Wolfgang Ruth in ihrem Hotel. Sie setzten sich an die Bar und baten den Barkeeper um einen Sektkühler mit Eis, damit sollte die Hand gekühlt werden. Auch dies schmerzte so sehr, dass Wolfgang es vorzog ohne Eis die nächsten Stunden zu überleben. Nachdem die Schmerzen immer unerträglicher wurden fuhren Ruth und Wolfgang mit einem Taxi in ein nahegelegenes Hospital. Der diensthabende Arzt sagte als er von

der Entwicklung der Röntgenbilder zurückkam: „gebrochen".
Wolfgang wurde Gips angelegt und Schmerztabletten verordnet.
Ruth und Wolfgang verabschiedeten sich mit dem beiderseitigen
Wunsch sich wieder zu sehen. Sie hatte Tränen in den Augen und er
konnte nicht reden. Das war nicht so einfach, Ruth lebt seit wenigen
Monaten wieder in San Francisco und Wolfgang in Bad Homburg.
Wolfgang hat auch schon während des Skiurlaubes, am vorletzten
Tag, Ruth einen langen Brief geschrieben und nach San Francisco
geschickt. Diese Beziehung war ihm wichtig. Am nächsten Tag fuhr
Ruth zum Airport Zürich und Wolfgang mit seiner Nochfrau nach
Bad Homburg. Wolfgang dachte stündlich an Ruth und Ruth dachte
ebenso oft an Wolfgang. Es war Mitte Januar 2000.

Wolfgang und Ruth telefonierten täglich mit folgenden
monatlichen Kosten über umgerechnet eintausend DM pro Person.
Ruth hatte direkt nach ihrem Studium sich zur befristeten
Anstellung an einem College verpflichtet. Die Ausübung ihres
Berufes machte ihr Spaß, zumal sie die Gabe besaß ihre Schüler
begeisternd mitzureißen. Sie verstand es die deutsche Geschichte
wertfrei und realistisch zu vermitteln. Man nahm ihr die
Vorlesungen ab. Sie zog in ein Haus mit etwa zwölf Parteien, alle
Eigentümer und Mieter waren ihr wohlgesonnen, denn sie war
freundlich und höflich. Nur einem Stinkstiefel gefiel dies nicht, weil
ihm die fröhliche Natur von Ruth störte. Er war eben ein Stinkstiefel,
der Ruth das unbeschwerte Wesen neidete. Ruth wurde auch von

einigen Mitbewohnern gerne eingeladen, man konnte fast meinen, dass man sich mit dem fröhlichen Wesen von Ruth schmückten wollte. Soweit zu Ruths Hintergründe in San Francisco.

Wolfgang besaß ein Unternehmen der IT-Branche in Bad Homburg. Seine Kernkompetenz waren Software- Entwicklung und System-Analyse, sicherlich für den einen oder den anderen ein trockenes berufliches Betätigungsfeld. Aber dadurch war er geschult mit Weitblick und Tiefgang die zu lösenden Aufgaben anzugehen. Durch die Tätigkeit des Entwickelns müssen zukünftige Ereignisse hochgradig sicher erahnt werden. Er beschäftigte fünfzehn Mitarbeiter, die im Wesentlichen in der IT-Entwicklung tätig waren. Seine Nochfrau war ebenfalls selbständig und lebte seit etwa einem Jahr ihr eigenes Leben.

Ruth und Wolfgang mussten sich wiedersehen, sie hatten Sehnsucht nacheinander. Für beide war die lange Flugreise über den Teich und über Nordamerika nicht ganz so einfach, von den Kosten einmal ganz abgesehen. Hin- und Rückflug nahmen mindestens zwei Tage in Anspruch, dazu kam noch der Jetlag mit Schlafstörungen, Müdigkeit und Schwindelgefühl. Das fliegende Personal gewöhnte sich daran, aber nicht Ruth und Wolfgang. Daher mussten die gegenseitigen Besuche schon einige Tage in Anspruch nehmen, um eine angenehme und harmonische Zweisamkeit genießen zu können.

Wolfgang lernte in San Francisco den Freundeskreis von Ruth kennen. Er war kritisch und mit leichter Eifersucht behaftet. So umgänglich wie Ruth selbst war, so war es auch ihr Freundeskreis. Nach einigen Besuchen fühlte sich Wolfgang wohl, denn er wurde immer herzlich aufgenommen.

Auch Ruth lernte in Bad Homburg den Freundeskreis von Wolfgang kennen. Wobei Wolfgang Wert darauf legte, dass der Bezug zu seiner Nochfrau nicht zu deutlich in den Vordergrund rückte.

Was unternahmen die beiden bei ihren Besuchen in San Francisco und Bad Homburg außer Freunde treffen noch? Eines Tages rief Ruth Wolfgang an: „Wir sind schwanger!". Alleine aus der Formulierung dieser Nachricht kann man erkennen, dass sich Ruth in der Beziehung mit Wolfgang sicher war. Wolfgang entgegnete nicht: „Ui" oder „Poh" oder „na ist ja ein Ding", nein er antwortete ganz einfach „grandios, super, toll" er war hin und hergerissen. Man bedenke, dass er mit seiner Nochfrau keinen Kinderwunsch hegte. Damit war der Nährboden für eine kleine Tragik, im Nachhinein Komödie gelegt.

In der kitzbüheler Skigruppe von Wolfgangs Nochfrau tummelte sich ein Bekannter aus San Francisco von Ruth, der bisher nicht in Erscheinung getreten war, ein weitläufiger Bekannter. Dies war im Skikurs allen hier vorgestellten Figuren durchaus bewusst, es wurde getratscht. Wolfgangs Nochfrau, entwickelte sich zu einem angespornten Detektiv mit unglaublichem Spürsinn. Die Trennung der Ehe war zwar klar brachte aber die Nochfrau, durch die Kenntnis der Schwangerschaft von Ruth, in extreme Kampfes- und Hass-Lust. Sie suchte und fand den Kontakt zu Ruths Bekanntem in San Francisco. Geschickt gewann sie ihn für ihre Interessen, Interessen an Informationen. Sie erfuhr fast alles von dem Plappermaul der Westküste.

Als sich Wolfgang und seine Nochfrau in der noch gemeinsamen Wohnung trafen, stellte sie ihn zur Rede. Wolfgang war sicher kein Weichei, aber er hatte noch nie so viel Hass in einem Gegenüber gespürt wie in diesem Moment. „Ich bring dich um!" reichte, dass Wolfgang wortlos die Wohnung verließ und in einem naheliegenden Hotel Sicherheit suchte. Er hatte wirklich das Gefühl, wenn sie ein Messer in der Hand gehalten hätte, der Stich in Wolfgangs Körper wäre sicher gewesen. Dieser, ich nenne es mal, verständliche und nachvollziehbare Ausraster währte nicht lange an, weil sich für die Nochfrau von Wolfgang im gleichen Skiurlaub eine neue zarte Beziehung anbahnte. Diese Beziehung wurde später mit einem Eheversprechen vor einem Standesamt verfestigt.

Nach Einschätzung der Ärzte sollte das Kind von Ruth und Wolfgang im Januar des Folgejahres zur Welt kommen. Es war aber noch eine Hürde zu meistern, Wolfgang war noch verheiratet. Nun war Ideenreichtum und Tatkraft von Seiten Wolfgangs gefragt. Im Leben muss oft Glück mitspielen um beruflich oder privat voran zu kommen, so auch in diesem Fall. Ein halbes Jahr bevor Wolfgang Ruth kennen lernte, verkaufte er ein Haus in der Altstadt von Kronberg an einen Familienrichter, den er glücklicherweise aus Jugendzeiten noch kannte. Der Richter und Wolfgang verstanden sich gut, dafür sorgte Wolfgang. Der gesamte private Zusammenhang wurde von Wolfgang dem Richter auf den Tisch gelegt und Wolfgang fragte: „Kannst Du, ohne Dir weh zu tun, Einfluss nehmen, dass die Scheidung vor der Geburt meines Kindes erfolgt, vorher möchte ich auch noch heiraten?". Ja, er konnte und tat es auch. Im Oktober wurde Wolfgang geschieden, nachdem er durch eine Finanzspritze an seine Nochfrau ihr Einverständnis erwirkte - die Rentenfrage wurde abgekoppelt. Im November heirateten Ruth und Wolfgang, im Januar fand die Geburt statt. Die Ultraschalluntersuchung in bereits frühem Stadium der Schwangerschaft zeigte, dass nicht ein Lebenszeichen, sondern drei deutlich zu erkennen waren.

Kindheit und Jugend der Drillinge

Ende Januar 2001 wurden James, Louis und Nils in einer Kronberger Privatklinik geboren. Mutter und Kinder waren gesund und wohl auf. Fast alle Mitglieder aus Ruths und Wolfgangs Familien kamen nach Kronberg um die junge Großfamilie zu beglückwünschen. Presse und regionaler Rundfunk baten um

Interviews, die auch von Ruth und Wolfgang gewährt wurden. Die Geburt verlief bei den beiden ersten Kindern problemlos, nur das dritte Kind musste mit der Saugglocke geholt werden. Eine Woche verbrachte Ruth mit ihren Drillingen in der Klinik. Drillinge haben Seltenheitswert, daher bot die Klinikleitung Ruth mehr als die übliche Unterstützung an.

Wolfgang traf in der zweiten Hälfte der Schwangerschaft Vorkehrungen, denn die bisherige Wohnung war für fünf Personen ganz klar zu klein. Er kaufte ein Haus am Rande des Hardtwaldes in Bad Homburg und lies es kindergerecht renovieren. Dann kam der Tag an dem Wolfgang Ruth und die Drillinge ins neue Heim holte. Die Großeltern überschlugen sich und konkurrierten um die Hilfsbereitschaft. Zu viel Hilfe kann durchaus auch als lästig empfunden werden. Wolfgang stand zur Abholung ein 911er und ein Mitsubishi Pajero zur Verfügung. Natürlich entschied er sich für den Pajero, dieser Wagen war wie geschaffen für die fünf.

Er fuhr aufgeregt von Bad Homburg nach Kronberg in die Klinik. Bei seiner Ankunft war alles vorbereitet, Ruth war schick angezogen und jedes Baby in einem eigenen Körbchen, leicht und sicher zu transportieren. In Bad Homburg angekommen überkam Ruth und Wolfgang immer mehr ein Gefühl der Verantwortung und die Sorge mit der Ernährung der Drillinge. Ruth wollte stillen und sie stillte, aber sie musste Futter für drei produzieren, mit zwei Brüsten. Ein Zufüttern war unumgänglich, eine Amme war unüblich.

Die ersten Nächte und die vielen folgenden brachten keinen ausruhenden Schlaf für Ruth. Es klingt sehr gefühllos, aber die Familie musste ernährt werden, dies geht nur mit Geld und Wolfgang musste Geld verdienen. Nach zwei bis drei Wochen hat sich das Quintett langsam eingespielt, sehr anstrengend für Ruth, denn sie hatte in dieser Zeit noch keine Haushaltshilfe. Das musste sich dringend ändern bei drei Rackern die zu unterschiedlichen Zeiten nach Futter verlangten.

Frau Beckmann wurde halbtags als Haushaltshilfe engagiert, Ruth spürte Entlastung und Wolfgang hatte nun mehr Spielraum für seine Firma. Der Schlafmangel konnte erst nach etwa zwei Jahren einigermaßen in die Normalität geführt werden. Dann konnten auch die Drillinge schon laufen. Während Ruth in den Kinderzimmern alles schön aufräumte chaotisierte James die Ordnung, im gleichen Zeitraum prügelten sich Louis und Nils im Badezimmer. Obwohl das Privat- und Liebesleben von Ruth und Wolfgang gegen Null verlief, blieb es bei dem liebevollen Umgang der fünfen untereinander. Natürlich krachte es hin und wieder, dies war nur natürlich und verständlich.

Nach drei Jahren stellte sich die Frage nach einem neuen „Windelbomber". Dieses Mal entschied man sich für einen VW Bulli, groß, geräumig und insgesamt ideal für fünf Personen. Der erste gemeinsame Urlaub stand bevor. Wohin? Nach Juist, natürlich. Die Fahrt von Bad Homburg nach Juist dauerte mit zwei Pausen etwas über sechs Stunden. Beachten mussten die Eltern, dass Juist in der Nordsee liegt und den Gezeiten ausgesetzt war. Man konnte nur ein -oder zweimal pro Tag mit der Fähre die Insel erreichen. Da Juist autofrei ist, was wegen der Kinder als sehr angenehm empfunden wurde, musste in Norddeich Mole ein Parkplatz gefunden werden. Immer wieder hörte man von Wolfgang „… dieses Gepröttel …".Für die Eltern reichten zwei mittelgroße Koffer, für die Drillinge waren drei große Koffer notwendig, dazu noch Kinderwagen und Rädchen. Stress blieb in diesen Situationen nicht aus.

Alle Koffer und Kinderutensilien wurden in einem an Land befindlichen Container verstaut. Das Handgepäck nahm man mit an Bord. Als Außenstehender gesehen war James ein aufgeweckter und lustiger Junge. Aus Sicht der Eltern hätte man James Kiel holen können. Was war geschehen. Ganz einfach und schnell, James nahm die Handtasche von der Mami, kletterte auf die Bank der Fähre und schleuderte die Tasche außenbords. Die Tasche war für einen kleinen Racker wie James schwer und wurde noch schwerer. Den Rest dieser kleinen Impression kann sich der Leser vorstellen. Die Zuschauer öffneten ihre Münder vor Staunen, die Eltern kreischten. Es bewegten sich mit der Anziehungskraft der Erde Ausweise, Tickets, Bestätigungen, Geld und andere wichtige Dinge in Richtung Wasser. Es machte Platsch und die Handtasche bewegte sich mit sechs Knoten vom Schiff wer. Oft zeigt sich im Unglück auch hin und wieder das Glück. Auf einem naheliegenden Polizeiboot lächelten zwei Polizisten, starteten geschwind den Motor und zogen mit einem Bootshaken die Tasche aus dem Wasser. Sie gingen längsseits an die Fähre übergaben das nasse Bündel und wünschten viel Glück. Außer der Handtasche konnte der gesamte Inhalt, jetzt mit Wasserzeichen versehen, gerettet werden.

Als die Fähre Juist erreichte und alle von Bord gingen lächelte Ruth in einer sentimentalen Weise, ein kleines Tränchen konnte man erkennen. Eine bestellte Pferdekutsche vom Strandhotel Juist stand bereit und das Gepäck wurde schnell verstaut. Wolfgang und Ruth besuchten zum ersten Mal dieses schöne und edle Hotel. Eine große Suite mit viel Platz und einer Terrasse zur See hin war für Klein und Groß wunderschön. Es war mittlerweile fast zwanzig Uhr, das Abendessen stand bevor, glücklicherweise im Restaurant des Hauses.

Am nächsten Morgen schlenderten alle fünf nach dem Frühstück im Hotel zum Strand. Die erste Handlung auf dem schönen weißen Juister Sand war das Mieten eines Strandkorbes. Natürlich gab es hier keine normale Erholung für Ruth und Wolfgang. Sternförmig vergrößerten die drei Racker die Entfernung zum Zentrum, dem Strandkorb. Wenn Kinder nicht schwimmen können, und unsere Drillinge konnten noch nicht schwimmen, dann ist größte Vorsicht in Wassernähe geboten. Zwar hatten die Drillinge Respekt vor den Wellen, aber dieser legte sich im Verlauf des Urlaubes.

Eines Tages, es war beispielhaft schönes Wetter, gingen Wolfgang und Nils um die Mittagszeit vom Strand in die Strandstraße um dort Fisch- und Krabbenbrötchen zu kaufen. Denn alle fünf mochten Fisch und Krabben. Nils nahm sein Brötchen in die Hand, die anderen Brötchen wurden in einer Tüte verpackt.

Wolfgang und Nils verließen gerade das Fischgeschäft, da flog von hinten kommend eine Möwe gezielt auf Nils zu. Das Ziel der Möwe war natürlich Nils Krabbenbrötchen. Mit dem linken Flügel bekam Nils einen Klapps und mit dem Schnabel krallte sich die Möwe das Brötchen. Es dauerte drei Sekunden und Nils weinte los. Einige Passanten staunten, andere lachten. Als Betrachter und Außenstehender war es auch zum Lachen. Wolfgang beruhigte Nils und kaufte ihm noch ein Krabbenbrötchen, somit war die Welt wieder in Ordnung und der Kleine konnte über sich selbst lachen. Da der kleine Nils schon sprechen konnte, plapperte er, als der Strandkorb immer näher kam, ohne Unterbrechung, welch ein mutiger Bursche er sei.

Die Heimreise nach Bad Homburg verlief unkompliziert und flott. Für Ruth und Wolfgang war der Urlaub auf Juist nur bedingt erholsam. Schnell forderte der Alltag in der kleinen Großfamilie wieder Raum. Die folgenden Jahre verliefen ohne nennenswerte Unglücke, bis auf einen Armbruch von Louis durch einen Sturz mit dem Fahrrad.

Die Drillinge feierten ihren sechsten Geburtstag und wurden eingeschult. Großeltern, Onkel, Tanten und nahestehende Verwandte waren zugegen als die drei Buben mit Schultüten bewaffnet den ersten Schultag erlebten. Alle drei wurden einer gemeinsamen Klasse zugeordnet. Dies hatte schon Vorteile im Laufe der Schulzeit. Wenn einer der Drei bedroht wurde, standen mindestens die anderen zwei parat. Die Drillinge waren eineiig und optisch, sowie auch vom Wesen her sehr ähnlich. Dies machte den Lehrern oft zu schaffen. Einmal klebte James unter dem Lehrerpult einen Handkäse an. Für den Nicht-Hessen sei hier erwähnt, dass der Handkäse die Eigenart hat nach einer gewissen Reifezeit kräftig zu riechen und dann zu stinken. So geschah es bei Lehrer Hülzel. Da James des Öfteren durch derartige Eskapaden auffiel stand er bei Lehrer Hülzel wegen des Handkäses im Visier, natürlich zu recht. James wurde zur Rede gestellt. In diesem Moment kam Louis hinzu und sagte zum Lehrer: „Ich war es!". Dadurch lenkte sich der Fokus des Lehrers auf Louis. Nils kam hinzu und sagte: „Ich war es!". Die Drei trickten ganz einfach den Lehrer nach einer bekannten Technik aus. Eine Sanktion, in welcher Form auch immer, erfolgte nicht. Nach dem Wechsel auf das Kaiserin- Friedrich- Gymnasium in Bad Homburg machten die Drillinge 2017 ihr Abitur, und dies auch mit kleinen Tricks.

James entschied sich für das Jura-Studium, Louis und Nils bevorzugten Human-Medizin. Im Jahr 2020 einigten sich Ruth,

Wolfgang und die Drillinge darauf gemeinsam in den Semesterferien eine Schiffsreise im Pazifik anzutreten, und so geschah es.

Das Unglück

Ruth, Wolfgang und die Drillinge stiegen im Frankfurter Flughafen in eine Linienmaschine der Lufthansa nach New York. Dort am Flughafen JFK angekommen fuhren sie mit zwei Taxen nach Manhattan in das Hotel Marriott Essex am Central Park. Dieses luxuriöse Hotel in Midtown Manhattan bot eine ideale Lange am Central Park mit gastronomischen Einrichtungen, genau das was sich die fünf Robinsons nach dem langen Flug wünschten. Sie blieben dort drei Tage und erkundeten Manhattan zu Fuß. Sie besichtigten den Flugzeugträger USS Intrepid mit alten aber bekannten Flugzeugen aus dem Zweiten Weltkrieg. Die Robinsons aßen bei TGFridays Burger auf dem Broadway und bummelten durch Tiffany, ohne Frühstück versteht sich. Im Trump-Tower kauften Sie Perlmuttlöffel für den Kaviar und fuhren mit einem Boot zur Freiheitsstatue. Mit einer Führung durch das UN-Gebäude im Osten von Manhattan schlossen sie ihren Abstecher in New York ab. Der Nächste Trip führte die fünf Bad Homburger nach Ruths Heimatstadt, San Francisco. Hier wurden einige Freunde und Bekannte besucht, insbesondere die Eltern von Ruth. Dann ging es auf ein Schiff, die SARAVIKO III, ein Schiff voller Luxus und

Annehmlichkeiten. Die SARAVIKO III lief aus mit Kurs auf Hawaii. Dort angekommen konnten alle Gäste an Bord zwei Tage Landgang genießen. Dann legte das Schiff wieder ab mit Kurs auf Borneo. Die Reise verlief ruhig, man konnte an Bord Sport treiben und wurde kulinarisch verwöhnt. Das Schiff bot zwei Schwimmmöglichkeiten und einen bestens ausgestatteten Fitnessraum. Langeweile trat nicht ein, denn das Unterhaltungsprogramm sorgte für viel Spaß.

Etwa einhundert Kilometer vor den Marshall Inseln ging mit einem lauten Knall eine deutlich und überall zu vernehmende Erschütterung durch das Schiff. Ein zweiter Knall mit Erschütterung folgte zehn Sekunden später. Das sehr stabil wirkende Schiff mit hoher Eisklassifikation legte sich leicht zur Seite. Ab diesem Moment war jedem klar, das Schiff befindet sich in Seenot. Auch wenn Gäste und Mannschaft immer wieder Notübungen durchführten, wenn die Not direkt vor Augen steht, bricht früher oder später das Chaos aus. Auf allen Decks, innen wie außen, liefen Menschen völlig kopflos in wahllose Richtungen. Es war in allen Bereichen des Schiffes nur noch Gekreische zu hören.

Der Kapitän forderte sofort einen Schadensbericht an und dies schneller als schnell. Was war geschehen? Im hintersten Bereich, also im Heck, wurde ein etwa drei Meter großes Loch lokalisiert. Obwohl sofort die Schotten geschlossen wurden traten ehebliche Mengen an Wasser in den Heckbereich. Die Antriebswellen waren völlig zerstört. Mit diesem Schaden, aber ohne Fahrt und dem

Verlust der Manövrierfähigkeit, hätte sich das Schiff noch über Wasser halten können. Nach Aussage des Chefingenieurs entstand dieser Schaden am Heck durch eine Explosion. Im weiteren Bereich der Explosion waren deutliche Schmauchspuren zu erkennen, man konnte die Detonation noch riechen.

Die zweite Explosion ereignete sich in der Mitte des Schiffes backbord (links). Auch hier entstand ein Loch mit einem Durchmesser von zwei Meter in der Bordwand. Die Sachlage stand für den Kapitän fest, das Schiff wird sinken. Es stellte sich dann die Frage nach der Einschätzung der Zeit bis zum Untergang, denn dies hatte Auswirkung auf die Art und Systematik der Evakuierung. Auch wenn sich der Kapitän noch so bemühte, es war ihm nicht möglich seine Offiziere zu klaren Handlungen zu bewegen, die Angst raubte den Verstand. Dennoch wurden Rettungsboote zu Wasser gelassen. Dies war wegen der Schlagseite fast unmöglich, gelang aber bei 50 Prozent der Rettungsboote. Man schätzte, dass sich das Schiff noch eine Stunde über Wasser halten konnte. Dies war nun fast jedem klar. Nach den Gründen der Explosionen fragte in diesen Momenten keiner, man vermutete einen Anschlag.

In dieser Stunde stieg das Ausmaß des Chaos von Minute zu Minute. Die fünf Robinsons wurden davon nicht verschont. Normales Reden, Besprechen oder Abwägen war nicht möglich. Sie versuchten so lange wie möglich zusammen zu bleiben. Wolfgang ging sofort die Tragödie mit der Titanic durch den Kopf. Die Titanic sank damals im Eiswasser, das Wasser um die Marshall Inseln herum betrug 27 Grad, dies war ein ganz kleiner Hoffnungsschimmer.

An den Rettungsbooten entstand ein immer größeres Gedränge, denn es waren zu wenige für alle Passagiere. Noch bewegten sich etwa fünfhundert Menschen auf dem Schiff, die zu Wasser gelassenen Boote hatten maximal eine Kapazität für zweihundertfünfzig Personen, der Rest musste ins Wasser. An den Rettungsbooten wurden Mannschaftsmitglieder mit monetären Zusagen bestochen. Es kam zu Handgreiflichkeiten und zu Messerstechereien. Einige Menschen fielen in dem Gerangel über Bord. Einigen Personen war bekannt, dass im Pazifik 36 Arten von Haien vorkommen, um die Marshallinseln herum Weißspitzen - Hochseehaie und auch der gefürchtete Weiße Hai. Dies waren keine guten Bedingungen zum Baden.

Die Drillinge waren gut ausgebildete Kampfsportler. Sie sahen nur noch den Schutz ihrer Familie und setzen sich mit Schlägen und Tritten durch um Plätze in einem Rettungsboot zu ergattern. Ruth, Wolfgang und James saßen schon in einem Rettungsboot als das Motorschiff in der Mitte brach. Dies wiederum beschleunigte das Sinken drastisch. Louis und Nils waren noch an Bord und sprangen ins Wasser, sie verloren sich aus den Augen. Nils wurde durch den Strudel des sinkenden Schiffes etwa zehn Meter mit in die Tiefe gerissen. Da das Unglück am Tage geschah konnte er sich optisch orientieren und schwamm an die Wasseroberfläche.

Die Situation: Ruth, Wolfgang und Nils saßen in einem Rettungsboot, Louis und Nils schwammen im Wasser und hatten keinen Kontakt.

Nach etwa einer Stunde gingen Haie auf Raubzug. Gleichgültig was über Haie erzählt wird, dass sie zum Beispiel Menschen verschmähen. Wenn sie im Blutrausch oder hungrig sind, verschmähen sie auch keine Menschen. Man konnte die Anzahl der Haie nur grob schätzen, es waren zehn bis fünfzehn. Die im Wasser schwimmenden Menschen rotteten sich zusammen, in der Hoffnung, den Haien weniger Angriffsfläche zu bieten. An den übermäßigen Schreien konnte man erahnen, dass ein Hai erneut angriff. Die gebissenen Menschen schlugen um sich, versanken im Wasser und kamen wieder an die Oberfläche, einigen fehlte schon ein Arm oder eine andere Extremität.

Nach fünf Stunden kam ein Schiff, das die Schiffbrüchigen aufnahm; etwa einhundert Personen fehlten, so auch Louis und Nils. Ruth, Wolfgang und James waren sicher an Bord des rettenden Schiffes, sie suchten hysterisch nach Louis und Nils. Die Verletzten wurden nach dem Grad ihrer Verletzung eingeteilt und dann nach Prioritäten versorgt. Drei Passagiere verbluteten noch an Bord.

Das rettende Schiff brachte alle Schiffbrüchigen nach Hawaii, die dann in ihre Heimat zurückflogen. Für die Robinsons ein unhaltbarer

Zustand: wo waren Louis und Nils? Eine großangelegte Rettungsaktion aus der Luft durch australische Einheiten blieb erfolglos. Das Einschalten der deutschen Politik brachte ebenfalls keinen Erfolg: Louis und Nils galten nach zwei Wochen als verschollen - so lange blieben die Robinsons auf Hawaii.

Ein Fischtrawler brachte zwei Tage nach dem Unglück und nicht wissend von dem Unglück in der Nähe der gesunkenen SARAVIKO III seine Netze aus. Ein aufmerksamer Matrose sah etwa fünfzig Meter voraus einen Gegenstand im Wasser schwimmen. Als der Trawler sich dem Objekt näherte, erkannte die Mannschaft, dass es sich um einen auf dem Rücken schwimmenden Menschen handelte. Es war Louis: er lebte, aber völlig unterkühlt. Die Mannschaft erkannte sofort die Not der Situation und holte Louis an Bord. Man wickelte ihn in Decken, versuchte ihm einen warmen Tee einzuflößen und mit ihm zu kommunizieren. Nach etwa zwei Stunden der Versorgung konnte Louis sich wieder bedingt bewegen, ihm wurde eine warme Mahlzeit angeboten. Eine Kommunikation war mit der Mannschaft nicht möglich, denn sie äußerten sich in einer Sprache, die Louis nicht zuordnen konnte. Sie waren dunkelhäutig, freundlich und scherzten untereinander. Nach zwei Tagen legte der Trawler in einem kleinen einfachen Hafen auf der Insel Tohango an. Als Autor benenne ich diese Insel so, denn den echten Namen konnte Louis nicht in Erfahrung bringen. Ab hier begann für Louis ein völlig neues Leben.

Nils konnte, mehreren Stunden nach dem Sinken, Platz in einem unbesetzten und ruderlosen Rettungsboot finden. Das Boot war manövrierunfähig und wurde vom Unfallgeschehen durch aufkommenden Wind abgetrieben. Dieses Rettungsboot musste von den Rettungsfliegern übersehen worden sein oder es befand sich schon außerhalb des Suchgebietes. Einen Tag konnte Nils noch klar denken, aber nach drei Tagen ohne Wasser und Nahrung fiel er in eine schwache Ohnmacht. Nach vier Tagen wurde er durch ein deutliches Schabgeräusch wach, sein Rettungsboot hatte Grundberührung. Er landete an einem Sandstrand einer Insel. Auch für Nils begann hier ein völlig neues Leben.

Ruth, Wolfgang und James

In Bad Homburg wieder angekommen trat für die drei Robinsons keinerlei Normalität ein. Ruth litt mehrfach am Tag unter Weinkrämpfen, Wolfgang konnte sich nicht auf die Leitung seiner Firma konzentrieren und James setzte sein Jura-Studium aus. Die nun reduzierte Familie versuchte zum Teil unter großem Aufwand mit den Deutschen Botschaften und Konsulaten auf Hawaii, den Marschallinseln, Borneo und Neu Guinea Kontakt aufzunehmen. In den ersten drei Monaten leider ohne nennenswerten Erfolg. Radaraufzeichnungen der US-Marine im Südpazifik konnten den Robinsons einen Hoffnungsschimmer geben. Drei Tage nach dem

Schiffsunglück wurde auf dem Radar nahe der Unglücksstelle ein nicht näher zu identifizierbarer schwimmender, kleiner Gegenstand ausfindig gemacht. Die Auflösung der Radaraufzeichnung war zu ungenau um auf das Objekt zu schließen. Trotz einer geringen Wahrscheinlichkeit von unter 20 Prozent entschlossen sich die Robinsons, dass Wolfgang in die Hauptstadt der Marshallinseln Majuro fliegen sollte. Die Gesamteinwohnerzahl der Inseln lag in der Größenordnung von Bad Homburg, somit verfügte die Verwaltung dort über geringe Kontakte zu anderen Ländern. Wolfgang konnte dort glücklicherweise mit US $ seine Rechnungen begleichen. Trotzdem die heutige Republik Marshallinseln erst seit 1990 besteht, war glücklicherweise für Wolfgang eine demokratische und offene Staatsstruktur zu spüren. Wolfgang wurde zu Beginn seines Aufenthaltes mit vielen Problemen und sprachlichen Barrieren konfrontiert, denn die Amtssprache ist dort Marshallesisch und Englisch, aber dies nicht überall. Wolfgang belegte für unbestimmte Zeit im Hotel „Robert Reimers" ein Zimmer, um von dort aus seine Recherchen vorzunehmen. Majuro - ein Standort der US-Marine - wurde Wolfgang als ansprechende Stelle zugewiesen. Er konnte diese fußläufig leicht von seinem Hotel erreichen. Täglich telefonierte er mit seiner Familie in Bad Homburg, leider immer wieder mit traurigem Unterton.

Der US-Marine Stützpunkt in Majuro zeigte sich aufgeschlossen und verständnisvoll für Wolfgangs Suche nach seinen beiden

Söhnen. Man zeigte ihm die Radar- Aufzeichnungen am Computerbildschirm und versuchte daraus Rückschlüsse zu ziehen. Wetteraufzeichnungen mit Wind, Abtrift und Wassertemperatur ergaben keine brauchbaren Werte zur Eingrenzung möglicher Fundstellen. Nach diesen vielen Tagen war im Wasser kein Überleben zu vermuten. Es blieb immer noch für Ruth und Wolfgang die nicht weiter thematisierte Haiattacke als mögliche Verlustursache.

Wolfgang taumelte durch den Tag, er war nicht mehr, so wie es in seinem Beruf erforderlich war, zu klar strukturierten Gedanken fähig. Ruth fühlte sich völlig ausgebrannt. Der Einzige der noch strukturiert reden und handeln konnte war James.

Ein Offizier der US-Marine machte Wolfgang einen Vorschlag, alle Hospitale in einem Umkreis von 150 KM um die Unglückstelle herum nach Schiffbrüchigen zu befragen. Der Offizier, Major David White, hatte sehr viel Mitgefühl mit Wolfgang, denn er hatte selbst zwei Kinder, die mit der Mutter auf Hawaii lebten. Im Laufe der erfolglos verstreichenden Tage entwickelte sich eine leise Freundschaft zwischen Wolfgang und Major White. White war zu dem damaligen Zeitpunkt stellvertretender Befehlshaber der südwestlichen Pazifik-Truppe der US-Marine. Somit hatte er die Möglichkeit Schiffe der US-Marine zu befragen, ob ihnen etwas Auffälliges begegnet sei. Auf der ganzen Linie war für Wolfgang kein Licht am Horizont zu erkennen. Wo waren Louis und Nils?

In Bad Homburg kümmerten sich Familienmitglieder der Robinsons und Freunde sehr herzlich um Ruth. Man versuchte Ruth abzulenken. Kino, Einladungen oder Spaziergänge konnten die traurige und deprimierende Zeit für Ruth temporär mildern. Aber sie war dann auch wieder alleine, und dann zermarterten die düsteren Gedanken ihre Seele.

Nach drei Wochen aussichtlosem Aufenthalt trat Wolfgang völlig erschöpft und entkräftet die Heimreise nach Deutschland an. Major White fuhr Wolfgang zum Flughafen, beide wollten den Kontakt halten.

Nach mehr als dreißig Stunden Reise- bzw. Flugzeit landete Wolfgang auf dem Flughafen in Frankfurt. Ruth wartete schon ungeduldig im Ankunftsbereich des Terminal A. Beide fielen sich in die Arme, beide weinten bitterlich. In Bad Homburg wartete schon James auf die Rückkehr von Wolfgang. Seit dem Unglück waren nun vier Wochen vergangen.

Louis

Der Kapitän des rettenden Trawlers nahm Louis mit in sein Haus, mittlerweile konnte er wieder normal und aufrecht laufen. Der Kapitän „Netan" hatte ein einfaches Haus in der Nähe des kleinen Hafens und bewohnte dies mit seiner Mutter, seiner Frau und den zwei Töchtern. Ein anfänglich großes Problem war für Louis die

Sprache der Einwohner, diese konnte er weder vom Lateinischen ableiten noch irgendwelche gewohnten Worte erkennen. Er war froh, dass alle Menschen die er in den ersten Tagen kennenlernte Freundlichkeit und Fröhlichkeit ausstrahlten. Louis bekam nach einiger Zeit ein schlechtes Gewissen, er wurde durchfüttert, durfte im Haus des Kapitäns schlafen und wurde wieder aufgepäppelt. Darum machte er sich so verständlich, dass er beim Fischen helfen wollte, dies ließ der Kapitän auch zu. Die Hauptnahrung der Inselbewohner bestand aus Fisch und Maisgerichten. Da Louis ein Mensch war, der sich gerne einen Überblick verschafft, wollte er die Insel erkunden. Nach vorsichtiger Einschätzung war die Insel ca. 40 km lang und wurde von eintausend Menschen bewohnt. Die Frage nach Telefon, Internet oder ähnlichen Kommunikationsmedien stellte sich als schwierig heraus. Nach drei Wochen wusste Louis, dass es dies auf dieser Insel nicht gab. Nach einer weiteren Woche konnte Louis sich verständlich machen, wenn er Durst und Hunger hatte, sowie einen Teil seiner Bedürfnisse äußern. Er hatte unsägliche Sehnsucht nach seiner Familie, die netten Menschen waren fremd für ihn und konnten das innige Zusammengehörigkeitsgefühl nicht ersetzen.

Nils

Nils traf es in diesem Unglück am schwersten, er konnte auf keine Gesprächspartner zurückgreifen und niemand gab ihm zu essen oder zu trinken. Die ersten vier Wochen waren für Nils körperlich, sowie auch psychisch so anstrengend, dass er immer wieder seine Grenzen spürte. Wenig Wasser, kaum Nahrung, keine Werkzeuge und kein Feuer machten aus Nils einen perspektivlosen jungen Mann. Er wusste, dass er ohne Wasser nur wenige Tage durchhalten konnte, daher war dies sein größtes Anliegen. Nach zwei Tagen seiner Anlandung trank er aus Verzweiflung Meerwasser, was sich als ein fataler Fehler herausstellte. Salzwasser führt unweigerlich zu noch mehr Durst. Nils wurde es extrem übel, er musste sich erbrechen und bekam Durchfall. Glücklicherweise schied sein Körper durch Schwitzen das Salz wieder aus, er war aber eine Zeitlang handlungsunfähig, was ihn noch mehr schwächte. Salzzufuhr war in der Situation von Nils wichtig, aber nicht in den Mengen die er getrunken hatte.

Woher bekam der geschwächte Nils nun Wasser für seinen Körper? Weit und breit waren für ihn weder ein Süßwassersee noch Bach oder Quelle zu erkennen.

Die Nächte waren kühl, aber nicht unangenehm, die Tage warm. Etwa alle zwei Tage regnete es, dies ergab für Nils eine Möglichkeit Trinkwasser zu sammeln. Dafür baute er aus großen Blättern eine

Auffangvorrichtung für Regenwasser. Die Konstruktion war nicht perfekt, brachte ihm aber zunächst genügend Wasser um zu überleben. Dies zeigte sich für Nils als Hoffnungsschimmer, jetzt musste er nur noch eine Möglichkeit finden, das Regenwasser dauerhaft aufzubewahren. Eine Regentonne gab es nicht auf der Insel. Trotzdem entwickelte Nils wieder etwas Lebensmut. Mit einem abgebrochenen Ast buddelte er eine Grube von etwa 50 mal 50 cm aus und legte diese mit großen Blättern und Lehm aus, um das Wasser zu speichern. Im Laufe der Zeit verfeinerte er diese Technik immer mehr. Das Problem war, dass er etwa fünf Liter auffangen konnte, aber vier Liter gingen innerhalb eines Tages wieder wegen Undichtigkeiten seiner Konstruktion verloren. Er war aber auf dem richtigen Weg zu überleben.

Mit der Nahrung war es noch nicht so gut bestellt. Er sah zwar, dass auf hohen Bäumen Früchte hingen, er konnte sie aber nicht erreichen, die Bäume waren zu dick um sie zu schütteln. Aus Verzweiflung aß er Blätter, deren Genuss, ähnlich wie beim Salzwasser zu Erbrechen und Durchfall führte. Er konzentrierte sich dann auf die Suche nach gefallenen Früchten - mit Erfolg! Sein Hunger war allerdings dermaßen stark ausgeprägt, dass er nicht bemerkte, dass ein Großteil der Früchte angefault war und bereits gährte. Auch bei dieser Verkostung reagierte Nils Körper: er wurde betrunken. Es gab nur eine Chance was Nils Ernährung betraf, er musste trotz bevorstehender Unterernährung seinen Aktionsradius erweitern. Das tat er wohl, musste aber seine Navigation auf der Insel so gestalten, dass er zu seiner Ausgangslage zurückkehren konnte. GPS oder Karten standen ihm nicht zur Verfügung und im dichten Wald konnte man sich schnell verlaufen und schlecht zurückfinden. Er brach im Abstand von etwa fünf Metern regelmäßig einen Ast an, um den Weg später wieder zu erkennen. Dies hielt ihn zeitlich auf, war aber sehr wirkungsvoll.

Er gelangte an eine Lichtung, die mit Gras und Farn bewachsen war. Plötzlich trat er auf etwas, es knackte und fühlte sich schmierig an. Er hatte ein Ei zertreten. Wo ein Ei ist, sind vielleicht noch mehr, dachte Nils. Gierig schlürfte er das zertretene Ei aus. Und tatsächlich - er fand noch mehr Eier. Seine Lebenslaune stieg beträchtlich. Nils nahm etwa zehn rohe Eier zu sich. Auf der einen Seite fühlte er sich nicht sonderlich wohl, andererseits empfand er eine körperliche Stärkung. Nils war so erschöpft, dass er in der Lichtung einschlief. Der Schlaf währte nicht lange. Er wurde geweckt durch ein lautes Geschnatter, etwa dreißig Vögel umringten ihn.

Diese Tiere schienen nicht dumm zu sein, denn sie bemerkten, dass ein Dieb ihre Eier gestohlen hatte. Nils wurde zwar nicht tätlich angegriffen, aber er wurde verjagt. Gestärkt und zuversichtlich machte sich Nils auf den Weg „nach Hause". Für ihn zeigte sich nun endlich Zuversicht für sein Überleben! Dort angekommen versank er in seinem Stroh- und Gras-Bett.

Zwei Monate nach dem Unglück

Die Bad Homburger, Ruth, Wolfgang und James waren immer noch nicht zu ihrer Lebens-Normalität zurückgekehrt. Es wurde immer wieder unter Tränen aller das Unglück thematisiert. Sie hegten weiterhin Hoffnung, von Louis und Nils ein Lebenszeichen zu hören. Die Drei konnten sich nur sehr schwerlich auf ihre Arbeit konzentrieren. James hatte sich wieder seinem Jura-Studium zugewandt, Ruth unterrichtete wieder am Bad Homburger Kaiserin-Friedrich-Gymnasium und Wolfgang war weiter in seiner Firma tätig. Keiner hatte die Leistungsfähigkeit wie vor dem Unglück erneut erreicht.

Louis, obwohl er glücklich über seine Rettung war, zeigte Skepsis auf der Insel. Die Menschen waren freundlich, er konnte sie aber nicht einschätzen, sie waren offensichtlich weit weg von der nächsten Zivilisation, es erschien ihm wie eine eigene Welt. Im schwirrten täglich mehrfach Gedanken an seine Familie durch den Kopf. Dies verursachte immer wieder traurige Stunden für Louis.

Psychisch und physisch hatte Nils am meisten zu leiden. Während alle anderen der Familie essen und trinken konnten, so war Nils dem Sensenmann gerade so von Schippe gesprungen. Sein Zustand war auch nach einigen Wochen noch bedenklich, es war nicht sicher ob er die nächsten Monate überleben konnte.

Folgendes Jahr von Ruth, Wolfgang und James

Durch die ständigen Streitereien zwischen Ruth und Wolfgang war James schließlich nach Frankfurt in den Kettenhofweg nahe der Universität gezogen. Das Elternpaar lebte sich immer mehr auseinander, Gemeinsamkeiten gab es kaum noch. Man versuchte bei gesellschaftlichen Anlässen den Schein einer gut funktionierenden Ehe zu wahren. Vertuschen konnte man die Probleme nicht, es wird viel geredet, und nicht nur in Bad Homburg. Fast jeder wusste Bescheid über die Situation der Robinsons.

Ruth hatte eine Liaison mit einem Kollegen, nur um sich abzulenken. Ernst war es ihr nicht, denn sie konnte wegen ihrer anhaltenden Trauer nur schwerlich zuneigende Gefühle entwickeln. Aber sie verbrachte mit ihrem Kollegen einen Urlaub in Kitzbühel. Dies hat sie zwar abgelenkt und teilweise auf positivere Gedanken gebracht, letztendlich war dies nur ein Betäuben ihrer Seele. Der Skiurlaub in dem schönen Wintersportort brachte sie des Öfteren zum Lachen.

Wolfgang ahnte von diesem Verhältnis, weil Ruth ihre Gewohnheiten leicht veränderte. Ihr berufliches Engagement wurde intensiviert, entsprach aber nicht der Wahrheit. Hin und wieder sprach Ruth von Sven, diesem besagten Kollegen und dies auffällig neutral. „Heute Abend ist Schulkonferenz, Sven hat den Vorsitz." Waren oft ihre Worte. Jede Woche Schulkonferenz und dies bis

Mitternacht passte nicht zur bisherigen Gewohnheit. Soweit Wolfgang noch wach war, kam Ruth oft sehr aufgeweckt und fröhlich nach Hause. Dies erwartete man nicht nach einer Konferenz. „Wie glücklich Konferenzen machen können!" Beitrag des Autors. Wolfgang wurde immer skeptischer, unternahm aber nichts. Es war nur eine Frage der Zeit bis Ruth einen Fehler machte, und sie machte einen banalen Fehler. Sie ließ ihr Handy auf dem Küchentisch liegen an dem Wolfgang sein Abendessen einnahm. Ruth ging zur Toilette und das Handy signalisierte eine SMS. „Wann sehen wir uns, habe Sehnsucht, Sven" war die Message. Wolfgang sah dies und sein Blutdruck erhöhte sich, die Wangen wurden rot und das Gesicht schaltete auf Gewitter um. Da Wolfgang sich trotz dieser Extremsituation gut im Griff hatte, wies er Ruth, als sie zurückkam, nur auf ihr Handy hin. Ruth schaute auf ihr Handy und erschrak sichtlich. Sie verließ die Küche im Stechschritt.

Drei Tage später fragte Wolfgang Ruth wie sie mit ihrem Kollegen Sven zurechtkommt. Sie stellte die dümmste und aufschlussreiche Gegenfrage: „Wieso?". Dann ist Wolfgang geplatzt und warf ein Glas mit Rotwein an die Wand. Ruth bekam einen roten Kopf, man konnte ihrem Gesicht ansehen, dass ein schlechtes Gewissen in ihr bohrte. Lustig war etwas anderes. „Was ist mit dem Sven?" fragte Wolfgang mit lauter und aggressiver Stimme. Ruth bekam Angst hat aber so viel Rückgrat, dass sie sich nun für die Wahrheit, wenn auch dezent, entschied. Wolfgang hatte es schon länger geahnt und Ruth wusste es, die Ehe war gescheitert und am Ende.

James wusste nichts von alle dem. Beide Elternteile versuchten die tieferen Eskalationen von James fern zu halten. Wolfgang rief James an und bat ihn an einem Wochenende nach Bad Homburg zu kommen, um zu zweit im Restaurant „Vecchia Banca" ein Problem zu besprechen. James ahnte schon wo der Wind herkam, sie vereinbaren einen Termin.

Wolfgang und James trafen sich zu einem Essen und der Vater versuchte seinem Sohn so objektiv wie möglich die Ehesituation zu erklären. Im Laufe des Gespräches versuchte James dezent, ohne seine Mutter in Schutz zu nehmen, auch auf die Eigenarten seines Vaters hinzuweisen. Wolfgang hatte sich erhofft, dass James sofort seine Partei ergreifen und gegen seine Mutter vorgehen würde. James betrachtete die Angelegenheit objektiver und Wolfgang rein subjektiv. Wolfgang war emotional am Ende und enttäuscht, schnell bat er ohne weitere Diskussion um die Rechnung und verabschiedete sich von James, so als wäre er ein zufälliger Bekannter.

James fuhr zu seiner Mutter um sich ihre Version anzuhören, Wolfgang verließ die „Vecchia Banca" und ging direkt gegenüber in die Bar des Maritim Hotels. Dort verbrachte er drei Stunden begleitet von dem Genuss drei Liter Bieres, vier Ziegler- Himbeeren und zwei Espressi. Eine Situation entstand, die ein gerades Laufen nicht mehr zuließ. Selbst der Toilettengang machte zur vorgerückten Zeit Probleme. Sein Drang war schneller als der Weg zur Toilette. Eine peinliche Situation, aber nicht für Wolfgang, denn er bekam nur noch wenig mit von seiner Umgebung. Ein Taxi fuhr ihn dann nach Hause.

Daheim angekommen saßen Ruth und James im Esszimmer mit sehr ernsten Mienen und ohne jeglichen Kommentar über Wolfgang. James verabschiedete sich und fuhr nach Frankfurt. Er gab nicht einem Elternteil die Schuld an der Ehekrise, er sah eher die Eltern überfordert wegen des Verlustes von Louis und James. Er fürchtete um das völlige Auseinanderbrechen der Familie.

Folgendes Jahr von Louis

Louis konnte immer noch nicht die Menschen auf der Insel einschätzen, aber das Zusammenleben war friedlich und harmonisch. Er hatte den Eindruck, dass die Menschen auf dieser Insel eine eigene soziale Struktur aufgebaut hatten, die ihm bisher so nicht bekannt war. Er konnte wegen der Abgeschiedenheit selbst nach Monaten immer noch nicht in Erfahrung bringen wo er sich genau aufhielt, sicher war nur: irgendwo im westlichen Südpazifik. Einmal im Monat kam ein verrottet aussehendes Schiff und brachte Diesel für den Trawler und einige Generatoren. Im Übrigen lebten die Inselbewohner, so wie Louis dies beobachten konnte, autark. Es war auch keinerlei Hektik zu spüren, die Einwohner machten den Eindruck, glücklich und zufrieden zu sein. Nach fast einem Jahr war Louis immer noch nicht ganz klar, wie das soziale und wirtschaftliche Gefüge auf der Insel funktionierte – aber es lief prima. Das Hauptproblem für seine Unkenntnis war immer noch die Sprache. Dies besserte sich: er konnte mittlerweile etwa einhundert Begriffe sprechen, teilweise verstehen und auch deren Bedeutung zuordnen.

Für Louis war mittlerweile eine besondere soziale und psychische Struktur der Insulaner zu erkennen. Er hatte den Eindruck, dass die Bewohner die Begriffe, Kultur, Heimat und Tradition lebten. Es wurde Wissen und Erfahrung von Generation zu Generation weitergereicht. Wichtig war für die Bevölkerung das Bewahren von Mensch, Tier und der Natur, denn sie waren abhängig davon.

Immer wieder quälte ihn die Sehnsucht nach seiner Familie. Er fragte sich, wie es wohl seinen Eltern und seinen Brüdern nach dem Unglück ergangen war. Er versuchte, soweit es für ihn möglich war, zu helfen und zu unterstützen. Oft fuhr er mit dem Kapitän zum Fischen, er half beim Anbau von Mais und erntete wilde Früchte.

Eine Art Bezahlung mit ihm bekannten Zahlungsmitteln gab es nicht, man tauschte. Es machte den Eindruck, dass jeder jedem half. Ein Bewohner war beispielsweise spezialisiert auf die Verarbeitung von Mais und der andere auf das Konservieren von Früchten. Auf der Insel wurde auch gejagt, vorwiegend Tiere in der Größe von

Hasen. Für James sahen diese Tiere Hasen ähnlich, er hatte sie zuvor noch nie gesehen. Für ihn blieb diese Insel mit ihren Bewohnern immer noch eine andere, fremde Welt.

Folgendes Jahr von Nils

Das anhaltend größte Problem und auch die Belastung war der Mangel an Kommunikation, er redete mit sich selbst und forderte Schildkröten zur Diskussion heraus. Nils erinnerte sich, dass seine Mutter in früheren Zeiten oft äußerte, dass Menschen Rudeltiere seien und Lebewesen brauchen. Und genau dies war bei ihm nun nicht der Fall. Die Sehnsucht nach einem Menschen oder einem Gesprächspartner kann sich ähnlich wie körperliche Schmerzen zeigen. Mittlerweile konnte Nils seine Ernährung in kleinen Schritten immer besser optimieren.

Um ständig auf sauberes Süßwasser zugreifen zu können suchte Nils nach Grundwasser und wurde fündig. Es gelang ihm, Früchte über einen gewissen Zeitraum in Verbindung mit Wasser zu konservieren. Aber ein Problem wurde nur schlecht von ihm gelöst: Feuer zu entfachen. Auf seiner Insel herrschte hohe Luftfeuchtigkeit, gut für seine Nahrungsmittel aber schlecht zum Feuermachen. Er musste zuerst Stroh und dünne Zweige trocknen, um dann mit endloser Reibung Hitze zu erzeugen. Dieser Vorgang dauerte oft Stunden. Durch andauernde Regenfälle konnte er das Feuer zunächst nicht dauerhaft erhalten.

Mittlerweile wuchsen Haare und Nägel, beides störte bei seinen täglichen Arbeiten. Die Haare schnitt er sich indem er seine Haare zwischen zwei Steinen klopfte, die Fingernägel kaute er ab und die Fußnägel schliff er mit rauen Steinen ab. Wie ästhetisch war doch seine Zeit in Bad Homburg gewesen!!!

Immer wieder fiel Nils auf, dass Wege durch den Wald führten, die er selbst nie gegangen war. Auf diesen Wegen waren Äste abgebrochen und der Bodenbewuchs zertrampelt. Er konnte nie die Ursache erkennen.

Nils stellte fest, dass sich all seine Sinne schärfer entwickelten. Insbesondere der Geruchssinn half ihm beispielsweise Pilze zu finden. Er erkannte an den Geräuschen um welche Tiere und Vögel es sich handelte. So gesehen war er reicher bestückt als damals in der Zivilisation.

Folgendes Jahr nach dem Unglück

Alle Familienmitglieder lebten, bis auf James unter besonders belastenden Situationen, aber sie lebten. Das Unglück hatte die Restfamilie in Bad Homburg getrennt, Nils kämpfte jeden Tag um das Überleben und Louis hatte noch Integrationsprobleme, weil er immer noch Hoffnung hegte gefunden zu werden.

Folgende 10 Jahre von Ruth, Wolfgang und James

In Deutschland, insbesondere in Bad Homburg, veränderte sich vieles und dies schleichend, für die Bürger kaum zu bemerken. Das Volk spaltete sich durch sehr kontrovers diskutierte Themen. Während ein Teil der Bürger durchaus positiv den Zuzug von Migranten empfanden, so sahen andere darin eine Gefahr, weil niemand genau wusste, wer ins Land kam. Die meisten Migranten, mit erheblich schlechterer Ausbildung als es in Deutschland üblich war, entstammten vorwiegend aus einem völlig anderen Kulturkreis, vorwiegend vom Islam geprägt. Die Integrationsbemühungen Deutschlands wurden strapaziert, der Integrationswille der Migranten war enttäuschend. Es wurde einerseits eine Verrohung der gesamten Bevölkerung und andererseits eine Verweichlichung festgestellt. Einige weiterdenken Bürger sahen das enorme Bevökerungswachstum auf dem Kontinent Afrika als kommendes Problem an. Mittlerweile sind in den vergangenen zehn bis fünfzehn Jahren zehn Millionen Zuwanderer nach Deutschland gekommen, von denen weit über die Hälfte weder schreiben, lesen noch rechnen konnten! Diese Mammut-Aufgabe für Deutschland wurde von immer mehr Bürgern skeptisch betrachtet. Demonstrationen aller Gesinnungen waren legal oder illegal an der Tagesordnung. Das Sozialprodukt schrumpfte langsam.

Ruth lebte nach der Trennung von Wolfgang auf Juist, sie übernahm die Leitung der Rezeption im Strandhotel. Eine Aufgabe, die sie befriedigte. Für Ruth war auf der Insel wenig von den oft tätlichen Auseinandersetzungen in Deutschlands großen Städten zu bemerken, Muslime waren sehr selten. Daher konnte und brauchte sich Ruth nicht einer politischen Richtung anschließen, Probleme in dieser Richtung spürte sie nicht.

An einem Wintertag im Dezember, das Hotel war nur zu zwanzig Prozent belegt, kam ein Amerikaner zu ihr an die Rezeption und stellte sich als Gast vor, der für eine Woche ein Zimmer mit Meerblick gebucht hatte. Ruth wickelte die Formalitäten ab und bat einen Pagen dem Gast das Gepäck in sein Zimmer zu bringen. An seinem Anreisetag kam der neue Gast noch zweimal zur Rezeption um sich von Ruth kurz das Hotel erklären zu lassen. Nun, Ruth war selbst Amerikanerin, aber mit deutschen Wurzel, deshalb galt am nächsten Tag ihr Interesse dem Amerikaner. Sie bot ihm an das Hotel zu zeigen. Im unteren Bereich befand sich das Schwimmbad, ein Fitnessraum und eine Beauty Abteilung. Im Obergeschoss zeigte sie ihm das Restaurant, von dem er begeistert war, und die Bar Münchhausen. Ganz oben verweilten beide unter der großen Glaskuppel und es kam zu einem privaten Gespräch. Beide stellten schnell Gemeinsamkeiten fest.

Nach dem netten und freundlichen Gespräch ging sie zurück in die Rezeption. Dabei kamen ihr die Worte „Mit Gästen läuft nichts!"

in Erinnerung, die ihr der Arbeitgeber bei Arbeitsbeginn eindringlich zu verstehen gab.

Der Amerikaner ging auf Erkundungstour, er fuhr mit einem geliehenen Fahrrad bis zum Flugplatz, um dort einen Rundflug über die Nordseeinseln zu chartern. Im Hotel zurückgekommen berichtete der Amerikaner begeisternd von seinem Flug. Das Abendessen im Hotel stand bevor, sodass sich der Amerikaner von Ruth verabschiedete, wohlwissentlich nach dem Essen wieder zur Rezeption zu gehen. Dies tat er auch, aber Ruth hatte sich in den Feierabend verabschiedet. Er ging in die Hausbar Münchhausen, trank ein Viertel Rotwein und entschied sich dann für die Bettruhe.

Nachdem der Amerikaner sich am nächsten Morgen im Schwimmbad körperlich wach schwamm, ging er danach zum Frühstück, das nach seiner Meinung nach sehr reichlich und schön drapiert war. Er wollte wieder an die Rezeption zu Ruth, daher trank er nur ein Tasse Kaffee und aß eine Scheibe Toast. Es verließ das Restaurant und ging schnurstracks auf Ruth zu. Beide begrüßten sich sehr freundlich und Ruth schaute etwas verlegen mit leicht geröteten Wangen. Der Amerikaner war mit bester Sensorik ausgestattet, so dass ihm Ruths Antlitz auffiel. Glücklicherweise, für beide, standen sie alleine an der Rezeption. Nun schaltete der Amerikaner in den ersten Gang: „Wir haben Gemeinsamkeiten, wollen wir bei einem Abendessen darüber reden?". Bei Ruth klingelnden die Glocken, sie schluckte und schaute ihr Gegenüber an. „Mir ist untersagt mit Hausgästen Treffen zu vereinbaren!". Der Amerikaner war recht schlagfertig und entgegnete: „Dann ziehe ich morgen aus und nehme ein Zimmer im gegenüberliegenden Hotel Papst." Ruth blinzelte aufgeregt mit den Augen und räusperte sich, gab aber keinen Ton von sich. Der Amerikaner sagte: „Ist doch eine Möglichkeit, oder?". „OK, die Domäne Bill hat morgen Abend bis 23:00 Uhr geöffnet, wir können uns um 19:00 Uhr dort treffen, ich lasse einen Tisch reservieren." Sagte Ruth. „Ich freue mich, jetzt gehe ich in die Bar, Ihnen wünsche ich einen schönen Abend", waren seine Worte. Beide freuten sich, sie dachten nun ständig aneinander!

Am nächsten Tag hatte Ruth frei, dies erfuhr der Amerikaner von einer Kollegin. Der Amerikaner erkundigte sich wie er die Domäne Bill erreichen kann; am bestem mit dem Fahrrad waren die Ratschläge. Da er für die Zeit seines Aufenthaltes bereits ein Fahrrad gemietet hatte war die Tour gesichert. Er war schon um viertel vor sieben am Ziel und fragte nach dem reservierten Tisch. Er hatte Pech, denn er wusste nicht auf welchen Namen reserviert wurde. Da Ruth selten pünktlich war kam sie eine viertel Stunde zu spät an. Der Amerikaner war erleichtert, die Reservierung lautete auf den Namen „Robinson".

Beide waren, wie zu vermuten war, die letzten Gäste im Restaurant. Sie ließen sich nicht stören bis der Wirt höflich die

Rechnung brachte. Beide fuhren zurück und verabschiedeten sich mit einem Kuss auf die Wange, es war für beide ein schöner Abend.

Wie wird Ruth am nächsten Morgen reagieren, dachte sich besorgt der Amerikaner. Ruth begrüßte ihn freundlicher und gelöster als er es erwartet hatte. Dies freute ihn sehr und er strahlte. Beide trafen sich dann jeden Abend in der Domäne Bill. An einem der Morgen frühstückten dann beide in der Wohnung von Ruth. Bald kam die Zeit des Abschiedes, der Amerikaner lebte in Hamburg und führte den Titel des Konsuls am amerikanischen Generalkonsulat. Der Lichtblick für beide war die Entfernung, mit dem Flugzeug etwa eine gute halbe Stunden, mit dem Auto und der Fähre mindestens drei Stunden.

Ruth besuchte ihren Amerikaner Thomas in Hamburg, dazu fuhr sie mit der Fähre nach Norddeich und von dort mit der Bahn nach Hamburg, dies dauerte fast fünf Stunden. Sie wurde am Hamburger Dammtor Bahnhof überschwänglich von Thomas empfangen. Sie fuhren mit Thomas Auto in seine Wohnung und machten sich frisch für ein Abendessen im Hotel Atlantik. Am nächsten Morgen musste Thomas für zwei Tage nach Berlin in seine Botschaft um neue Informationen über eine unliebsame politische Situation der Migration zu erhalten. Ruth dachte sich in dieser Zeit Hamburg zu erkunden. Sie spazierte mit Stadtplan durch Hamburg bis die Dämmerung einsetzte. Sie ging über die Reeperbahn, dann in eine Nebenstraße.

Auf Ruth gingen entschlossen drei südländisch aussehende Männer zu mit einem arabischen Akzent. Der größere der Drei stülpte eine Plastiktüte über Ruths Kopfe, während die beiden anderen sie an den Armen festhielten. Ruth wurde in einen Hauseingang gezogen und ihr brutal die Kleider vom Leib gerissen. Sie hatte nur noch ihren BH, der aber durch die Handgreiflichkeiten völlig verrutscht war. Ruth bekam keine Luft mehr und wurde ohnmächtig. Dies bemerkten die Vergewaltiger und haben etwas Sauerstoff in die Tüte strömen lassen. Zwei der Männer rissen Ruths Beine auseinander, während der Dritte sich an ihr verging. Immer wieder haben die Männer Ruth so viel Sauerstoff zukommen lassen, dass sie nicht erstickte. Sie war nicht im Stande sich in irgendeiner Weise zu wehren. Die Innenseiten ihrer Oberschenken wiesen Kratzspuren und Blut auf. Die Männer wechselten sich mehrfach ab in ihren Vergewaltigungen. Als sie mit Ruth fertig waren zogen sie mit Gelächter ab und überließen Ruth ihrem Schicksal.

Erst nach etwa einer Stunde kam Ruth wieder zur Besinnung, sie befand sich in einer Höllenwelt. So gut sie konnte zog sie ihre zerrissene Kleidung an und schwankte auf die Reeperbahn zu. „Guck mal, der Nutte haben sie es aber ordentlich gegeben." Musste sie sich von einem Passanten anhören. Auf der Polizeistation Davids Wache fiel sie zu Boden und wurde ohnmächtig. Die Polizisten erkannten sofort an den Blutspuren auf den Beinen, dass diese Frau brutal vergewaltigt wurde.

Ruth wachte im Krankenhaus St. Pauli in der Intensivstation auf. Ihr Gesicht war geschwollen und drei Personen in weißen Kitteln standen an ihrem Bett. In ihrem linken Arm steckte eine Infusion. Sie schaute durch das Krankenhauspersonal hindurch und hüstelte. In der Handtasche von Ruth war noch der gesamte Inhalt unversehrt enthalten, auch ihr Ausweis. Dezent frage eine weibliche Stimme „Frau Robinson können sie mich hören?" Ruth nickte leicht, sagte aber nichts. Die weibliche Stimme erklärte Ruth wo sie sich im Augenblick aufhielt. „Frau Robinson, sollen wir jemanden verständigen? Wir müssen sie für einige Tage hier behalten, " waren die letzten Worte die Ruth aufnehmen konnte.

Thomas kam nach zwei Tagen nach Hause, er fand weder Ruth noch eine Nachricht von ihr, er sorgte sich. Mehrere Anrufe auf ihrem Handy wurden nicht beantwortet. Vielleicht hatte Ruth ein schlechtes Gewissen bekommen und war wieder nach Juist gefahren? Dies konnte nicht sein, denn ihr gesamtes Gepäck lag noch im Schlafzimmer. Ein Unfall war für Thomas denkbar. Er schaltete seine diplomatischen Kontakte ein um schneller an Informationen zu kommen. Nach zwei Tagen Recherche erfuhr er von der Polizei, dass Frau Robinson vergewaltigt worden war und im Krankenhaus St. Pauli lag. Thomas schoss Adrenalin durch Mark und Bein. Er fuhr ins Krankenhaus mit fürchterlichen Gefühlen.

Da Thomas keine Verwandtschaft von Ruth nachweisen konnte, war es zunächst im Krankenhaus schwierig sie in ihrem Zimmer zu besuchen. Dies durfte er auch nicht, er konnte sie aber durch eine Glasscheibe schlafend in einem Raum voller technischer und medizinischer Geräte sehen. Erschüttert fuhr er nach Hause.

Die Abteilung in der Ruth lag hatte ganz klare Anweisung vom Krankenhaus-Direktorium und von der Polizei, niemanden in Ruths Zimmer zu lassen, wenn sie aufwachen würde. Als erstes sollten die Ärzte mit Ruth sprechen und wenn sie es für vertretbar hielten, anschließend die Polizei. Dann informierte man Thomas telefonisch, dass er nun Frau Robinson besuchen könne. Thomas fuhr sicherheitshalber mit dem Taxi ins Krankenhaus. Er ging in Ruths Zimmer, sah sich um, sein Blick verharrte bei Ruth und ihm liefen Tränen über die Wagen. Es kam zu keinem aufschlussreichen Gespräch, denn Ruth war immer wieder abwesend und schaute durch die Wände und durch Thomas hindurch. Nach einer halben Stunde rief Thomas ein Taxi und ließ sich in eine ihm bekannte Bar fahren.

Man stellte im Krankenhaus Ruth eine Psychologin vor, eine Spezialistin für vergewaltigte Frauen. Erst nach Tagen konnten Ruth und die Psychologin einigermaßen klar kommunizieren. Dies war wahrscheinlich nur durch die Einnahme von Medikamenten möglich. Ruth erzählte immer mehr. Die Psychologin erfuhr, dass Ruth noch mit einem Mann aus Bad Homburg verheiratet war und einen Sohn hatte. Die beiden anderen Söhne galten als verschollen. Alle dies trug nicht zur Normalisierung von Ruths Zustand bei.

Die Psychologin versuchte Wolfgang zu erreichen, was ihr auch nach zwei Tagen gelang, denn Wolfgang hielt sich geschäftlich in Asien auf. Als Wolfgang von dieser Katastrophe erfuhr informierte er sofort James, beide fuhren sofort mit dem Auto nach Hamburg. Im Krankenhaus St. Pauli angekommen wurden die beiden Bad Homburger durch die Psychologin ausführlich informiert. Sie empfahl noch eine Nacht darüber zu schlafen und dann Ruth zu besuchen. Am nächsten Morgen fuhren beide Männer ins Krankenhaus und gingen gemeinsam mit der Psychologin in das Zimmer von Ruth. Auch hier schaute Ruth erst völlig abwesend Wolfgang und James an und dann aus dem Fenster. Als Wolfgang leise fragte „Wie geht es Dir?", schoss es aus Ruth wie ein Kanonenschlag heraus: „Halt die Fresse, ich bringe Dich um.". Die Psychologin riet daraufhin gemeinsam das Zimmer zu verlassen. Auf dem Flur versuchte sie den beiden Männern zu erklären, weshalb Ruth so heftig reagierte. Sie meinte: „Ruth hat sie nicht erkannt, sie ließ in diesem Moment den Hass auf Männer generell freien Lauf. Lassen sie ihr Zeit, es wird dauern." Keiner wusste Rat, Thomas nicht, Wolfgang und James nicht. Es schien so, dass Ruth für die erste Zeit bei der Psychologin gut aufgehoben war. Die Männer distanzierten sich, dem Rat folgend. Soweit möglich fühlte jeder mit ihr und langsam baute sich ein unsäglicher Hass auf, Rache stand bereits hinter jeder Stirn!

Nach Monaten konnten die drei Vergewaltiger nicht identifiziert und dingfest gemacht werden, jeder wusste es wird eine Wiederholung geben. Nach zwei Wochen wurde Ruth in eine psychiatrische Klinik in Brandenburg verlegt. An Ruths Männer stellte die Anstaltsleitung die Bitte, von Besuchen Abstand zu nehmen. Ruth musste sich auf eine neue Psychologin einstellen.

Wolfgang und James taten sich wieder intensiver zusammen, um die Firma auf Vordermann zu bringen. Bisher hatte Wolfgang in Pakistan Bauelemente für verschiedene Sensoren-Computer produzieren lassen. Am Anfang machte die Zusammenarbeit mit dem pakistanischen Unternehmen Probleme, da die Qualität der Produkte nicht den Erfordernissen entsprach. Durch mehrere Besuche, die für ein mittelständiges Unternehmen, finanziell sehr aufwendig war, gelang es Wolfgang positiven Einfluss auf den Produktionsprozess zu nehmen. Arbeitsabläufe und Kontrollen wurden verbessert, ohne dass das pakistanische Unternehmen mit Mehrkosten belastet wurde, es wurden lediglich organisatorische Abläufe verändert. Mehrkosten hätte man auf Wolfgangs Unternehmen weitergeleitet. Diese Zusammenarbeit währte viele Jahre, es entstand sogar ein privater Kontakt zwischen dem pakistanischen und dem Bad Homburger Unternehmer, man besuchte sich. Da Wolfgang, altersbedingt, sich zum widerholten Male langsam aus dem Unternehmen zurückzog, wurde James die gesamte Verantwortung und Leitung übertragen. Er konnte jederzeit mit dem Rat seines Vaters rechnen.

Auch zwischen James und dem pakistanischen Unternehmen verlief die Zusammenarbeit ohne nennenswerte Probleme. Auch er flog sporadisch nach Pakistan, um sich ein Bild von der Produktion zu machen. Mittlerweile machte das Bad Homburger Unternehmen dreistellige Millionen Jahresumsätze. Dies wirkte sich auch positiv auf das pakistanische Kooperationsunternehmen aus.

Eines Tages erreichte James an einem Wochenende die Eilmeldung, dass seine Kooperationsfabrik in Pakistan abgebrannt sei, die Ursache allerdings noch nicht feststand. Dies war eine Katastrophe, den James konnte nicht mehr liefern, und wer nicht liefert erhält kein Geld. Unterschiedliche Gerichtsprozesse mit Ansprüchen in Millionenhöhe waren die Folge.

Die pakistanische Polizei und die zuständige Behörde ließen den Brand durch die dortige Staatsanwaltschaft und Feuerwehr akribisch untersuchen. James überzeugte sich vor Ort davon. Etwa einer Woche nach dem Brand stand zweifelsfrei fest, dass Brandstiftung die Ursache gewesen sein musste. Wer waren die Täter und wo waren die Täter? Offensichtlich waren die Täter nicht sehr clever, denn sie hinterließen deutliche Spuren. Die verwendeten Brandbeschleuniger, diese wurden von einem Unternehmen in Pakistan hergestellt und nur über einen Handel verkauft. Als erstes nahm die Polizei alle Käufer des Brandbeschleunigers, die mit Karte bezahlt hatten ins Visier. Und sie hatten Erfolg. Ein Ermittler nahm zunächst verdeckt mit dem Käufer Kontakt auf, um Kenntnisse über sein soziales Umfeld in Erfahrung zu bringen. Eine Freundschaft zwischen dem Käufer und dem Ermittler entstand nicht, aber ein gutes vertrauensvolles Verhältnis. Der Käufer gehörte zu einer als radikal geltenden Gruppe in Pakistan. Er war sehr Islam gläubig und besuchte wöchentlich mehrfach eine Moschee. Dort traf er sich immer wieder mit den gleichen Personen, in den meisten Fällen waren es zwei Männer. Auch diese lernte der Ermittler kennen. Nach etwa sechs Wochen ließ der Ermittler die Telefone dieser drei Männer abhören, die Wohnungen wurden mit Wanzen ausgestattet: es handelte sich ganz klar um die gesuchten Brandstifter!

Einhundert Menschen kamen bei dem Brand ums Leben. Tragisch, traurig und unfassbar war all dies für James. Da die Einkommen in Pakistan erheblich geringer waren als in Deutschland, ließ er an die Hinterbliebenen jeweils fünftausend Euro überweisen. Davon konnte eine vierköpfige Familie in Pakistan einige Jahre leben. Damit erreichte James auch die Grenze seiner Zahlungsfähigkeit, denn Geld von Kunden kam nicht mehr. Er musste Mitarbeiter im größeren Stil entlassen. Versuche, eine Ersatzfabrik in Pakistan zu gewinnen blieben zunächst erfolglos. Der pakistanische Unternehmer baute mit Hilfe von James sein

Unternehmen langsam wieder auf und konnte so in kleinen Schritten wieder liefern. Langsam erholten sich beide Unternehmen.

Nach drei Jahren, völlig aus dem Nichts, lag eine Klageschrift der Staatsanwaltschaft auf James Schreibtisch. Die pakistanische Mutter, eines beim Brand ums Leben gekommen jungen Mannes, klagte gegen das Unternehmen von James in Deutschland. Dies war unbegreiflich und nicht nachvollziehbar für James selbst und seine Anwälte. Die Frage stellte sich: Wie kann jemand angeklagt werden, der keinerlei Verantwortung für den Brand hatte, dem auch weder Vorsatz noch Schuld nachzuweisen war? Eine weitere Frage stellte sich: Diese anklagende Mutter hatte keine Schulbildung und arbeitete in einer Weberei für wenig Lohn. Wie kam diese Frau auf die Idee und woher wusste sie, dass sie in Deutschland klagen kann und woher hat sie das Geld, um dies zu finanzieren? Woher kannte sie den Namen von James Robinson? Mit ihren geringen Einnahmen konnte sie sich keinen Flug nach Deutschland leisten, geschweige denn qualifizierte Rechtsanwälte in Erfahrung bringen und diese bezahlen. Wie konnte sie den relativ teuren Aufenthalt in Deutschland finanzieren? Dieser Prozess war höchst kompliziert, denn es musste auch pakistanisches Recht berücksichtigt werden. All diese Fragen beschäftigten James und seine Anwälte. Sie kamen zu dem Ergebnis: Diese Frau konnte unmöglich alleine diesen Prozess angestrengt haben. Hier standen andere Interessen und Geldgeber im Hintergrund und dies mit Vorsatz.

Und so stellte es sich auch heraus. Menschenrechtsverbände und Globalisierungsverbände schlossen sich zusammen, die Mutter wurde finanziert und zur Klage aufgemuntert. Natürlich mit dem Versprechen des Erfolges. Es kam zu einer monatelangen Gerichtsverhandlung, das deutsche Gericht musste sich vor Ort selbst ein Bild machen. Das Urteil: Freispruch. Die Gegenpartei, also die klagende Mutter legte Berufung ein. Das nächst höhere Gericht wurde angerufen und ein weiterer Prozess zugelassen. All dies verstand die Klägerin nicht im Ansatz, die sie unterstützenden Verbände vertaten ihre Interessen. Weitere Monate dauerte die Verhandlung. Schließlich das Urteil: Die Firma von James musste zwei Millionen Wiedergutmachung und Schadenersatz an die Hinterbliebenen zahlen für etwas, was James nie zu verantworten gehabt hatte. Es sei erwähnt, dass die Politik spürbar Einfluss auf diesen Prozess nahm. James wurde als halber Mörder in den Medien dargestellt. Damit war das Aus des Unternehmens besiegelt, der Insolvenzverwalter wurde bestellt. Da nun von James keine Aufträge mehr an das pakistanische Kooperationsunternehmen vergeben wurden, war auch das Aus für diese Firma besiegelt. In Pakistan wurden einhundert Mitarbeiter entlassen, in Bad Homburg waren es einhundertachtzig.

All diese Probleme versuchte James von seiner Frau und seinen beiden Kindern fern zu halten. Wolfgang nahm die Zeit der Prozesse sehr mit. Die Kinder von James besuchten in Frankfurt ein

Gymnasium. Dort zählte die Schulleitung achtzig Prozent nichtdeutsche Schüler. Das Niveau der letzten Klassen lag auf dem Niveau einer Realschule im Jahre 2010. Die meist schlecht deutsch sprechenden Schüler hinderten das Fortkommen aller Mitschüler. Immer wieder wurden die beiden Töchter von James Rempeleien und Mobbing von ausländischen, insbesondere muslimischen Schülern, ausgesetzt mit zum Teil mehr als beleidigenden Angriffen. Auch die Frau von James wurde oft, besonders von arabischen Männern, in der unteren Louisenstraße in Bad Homburg attackiert - per Wort oder per Handgreiflichkeit. Dies war für sie extrem belastend, sie wagte sich nur noch in die Einkaufsstraße, wenn dies unbedingt nötig war. Seit fünf Jahren konnte man diese Attacken mit zunehmender Intensität feststellen. Asylanten kamen stetig und ständig.

Immer wieder wurde die Frau von James, persönlich, per Telefon oder per Post aufgefordert dem Islam beizutreten. Diesem Dauerbeschuss über viele Jahre und die Angst um ihre Töchter konnte sie nicht mehr standhalten. James wusste von all dem nichts. Eines Tages ging sie mit ihren Töchtern in die Moschee im Schaberweg und lies sich zum Islam konvertieren. Ab diesem Zeitpunkt wollten und mussten die drei Kopftuch tragen. Die Frau von James bewegte sich seit Jahren aufgrund dieses Druckes wie unter Drogeneinfluß. Als James von alle dem erfuhr und seine drei mit Kopftüchern sah, rastete er völlig aus. Der Druck richtete sich nun gegen die gesamte Familie.

James wurde nun ebenso von dem Ansinnen der radikalen und in Bad Homburg ansässigen Muslimen erfasst. Man forderte unter leichter Androhung von Repressalien, einen Teil ihres großen Hauses im Hardtwald zu räumen. Die Polizei, die zu Hilfe gerufen wurde, bestand zu zwei Dritteln aus Menschen mit Migrationshintergrund. James sagte einmal: „Blut ist dicker als Wasser, die werden uns nie helfen." Bei James staute sich viel Wut auf, er musste sich immer wieder beruhigen. Diese Situation war da, stand vor ihrer Tür und lebte mit der Familie ohne Aussicht auf die Wiederherstellung der ursprünglichen Lebensweise.

James hatte sich vorsorglich illegal Waffen besorgt, eine Smith & Wessen mit einen Kaliber 38 Spezial und eine CZ-Automatik mit Kaliber 9 mm. Er wusste genau, wenn es zum Eklat käme würde er schießen. Und so geschah es.

Eines Tages, es war gerade 23:00 Uhr, die Robinsons wollten gerade zu Bett gehen, klingelte es. James öffnete die Tür, wohlwissend, dass dies ein Übergriff sein könnte. Hinter seinem Rücken hielt er die Smith & Wessen parat. Vor ihm standen schätzungsweise acht arabisch aussehende Männer und drängten ins Haus. James fühlte sich in einem Wutrausch und schoss den ersten nieder. Mit diesem Knall verschwanden alle anderen in Blitzgeschwindigkeit. Es dauerte nicht lange und es klingelte erneut.

Nun standen fünfzehn arabisch stämmige Männer vor der Tür und fackelten nicht lange. Als sie eine Person durch das Milchglas auf die Tür zugehen sahen, schossen sie mehrfach auf diesen Schatten. James wurde getroffen und lag am Boden, seine Familie kauerte sich Im Schlafzimmer zusammen. Die Fremden schossen von draußen die Haustür auf. Nachbarn rührten sich nicht, denn diese Situation war nicht selten zu beobachten. Die Männer zerrten James nach draußen in den Garten, er blutete. Dann stürmten sie in das elegant eingerichtete Haus. Nach einer halben Stunde sah das Haus total verwüstet aus. Dieser Lebensstil war den Männern sichtlich zu Eigen. Sie nahmen das mit, was sie für wertvoll hielten. Die drei jungen Frauen rührten sie nicht an. Beim Verlassen des Hauses sagte ein Mann zu dem halb bewusstlosen James: „ Dein Haus ist jetzt unser Haus, wir kommen wieder. „

Folgende 10 Jahre von Louis

Für Louis stellte sich nicht nur die Kommunikation mit den Insulanern als weiterhin schwierig dar, sondern auch das Verstehen der völlig anderen Lebensform. Er war nicht der Meinung, dass er es mit Wilden zu tun hatte, aber die Menschen lebten und fühlten anders als er es von seiner Kultur und Zivilisation gewöhnt war. Er gab sich Mühe und die Insulaner auch, es gab wenige Ansätze für Streit oder Auseinandersetzungen. Die Sehnsucht nach seiner

Heimat und Familie belastete ihn immer wieder. Er brachte sich sehr gut in die Gemeinschaft ein. Man achtete ihn, weil er theoretische Kenntnisse zeigte, von denen die Insulaner noch nie gehört hatten. Damit und mit seiner Hilfsbereitschaft schaffte sich Louis eine exponierte Stellung, er wurde respektiert.

Sein Tagesablauf wiederholte sich fast immer, er half dem Kapitän beim Fischen und unterstützte die Landwirtschaft der Insel bei Saat- und Erntearbeiten. Die Inselbewohner wussten sich gegen unliebsame Landtiere zu schützen, sie bauten Zäune um ihre Siedlungen - stabil - um selbst einem Wolf das Eindringen zu erschweren. Täglich wurde eine Wache installiert, die mit einem Horn Alarm blies. Dies kam aber selten vor.

Louis fuhr mit dem Kapitän wieder einmal zum Fischen. Der Trawler war ein völlig ramponiertes Schiff, so ein Gefährt hätte man in Europa verschrottet, aber es hielt den Wellen stand. Louis gewöhnte sich an diesen versifften Kahn. Sie fuhren früh morgens etwa zwei Stunden in östliche Richtung, denn dort ging die Sonne auf, Uhren und Kompass kannten die Insulaner nicht. Für Louis war es schon Routine die Netze auszuwerfen, dafür steuerte der Kapitän das Schiff mit Schleichfahrt. Nach etwa einer halben Stunde gab es erst einen Ruck und dann ein ständiges, aber unregelmäßiges Ziehen an den Leinen zum Netz. Mit einer Winde holte Nils auf Geheiß des Kapitäns das Netz ein - mit einem beängstigenden Fischfang. Ein Hai von etwa vier Meter Länge hatte sich im Netz verfangen. Der Abstand zwischen dem gefangenen Hai und dem Schiff betrug nur wenige Meter. Mit einer enormen Kraft wehrte sich der Hai gegen die ungewollte Gefangenschaft, der Trawler tänzelte daher auf dem Wasser hin und her. Die Situation eskalierte als der Hai das Netz durchbiss und der Abstand zum Schiff immer geringer wurde. Die Netze waren wertvoll, denn deren Herstellung nahm viel Zeit in Anspruch und wurde mit seltenen Seilen geflochten. Die Überlegung stand nun an, die Seile zu kappen, denn wenn es dem Hai gelänge sich auf das Schiff zu schleudern, hätten Louis und der Kapitän wenig Überlebenschancen. Der Kapitän entschied sich schließlich die Leinen zu kappen, wohl wissend, dass für mehrere Tage kein Fischen mehr möglich war, denn die Netze mussten neu geflochten werden. Fisch als Nahrung musste für die nächsten zwei Wochen ausfallen.

Der Kapitän überließ Louis immer öfter - nach mehrfachen Einweisungen - das Ruder des Trawlers. Er zeigte viel Geschick beim Manövrieren des Schiffes, sei es beim Fischen oder beim Anlegen. Louis kannte aus seiner Heimat völlig andere technische Geräte oder Fahrzeuge, aber dieses Schiff war eine mittlere optische und technische Katastrophe. Es war nicht in Erfahrung zu bringen wie dieses Schiff zur Insel gelangt war. Vielleicht hatte es eine Havarie und wurde auf Land gespült. Dank der guten technischen Kenntnisse des Kapitäns konnten bis zu diesem Zeitpunkt Reparaturen durchgeführt werden. Auch das „Handelsschiff", in ähnlichem Zustand wie der Trawler besuchte die Insel sporadisch, um Diesel gegen Perlmutt zu tauschen. Den naturverbundenen Insulanern reichte dies, denn sie verfügten noch über andere Wasserfahrzeuge auf dem Meer. Es waren Flöße mit einem Aufbau für Segel. Diesen Konstruktionen schenkte Louis mehr Vertrauen als dem verrotteten Trawler. Er konnte noch einige Male zur See fahren um zu fischen, dann aber kam es zu einem Brand in der Elektrik des Trawlers. Den konnte Louis in dem kleinen Hafen löschen, aber die Batterie war völlig zerstört und ohne Strom läuft kein Diesel. Ein langwieriges Experimentieren an der Bootselektrik brachte keinen Erfolg. Da die Seefahrt Louis Freude machte, beschäftigte er sich nun mit dem Flößen und Segeln.

Louis besuchte eines Abends den Kapitän, um die Problematik des Trawler mit Händen und Füßen durchzusprechen. Er schätzte den Kapitän auf über achtzig Jahre. Beide kommunizierten - Louis mit Fragmenten der Inselsprache. Dann verließ der Kapitän seine Hütte, um einen isolierten dünnen Draht zu holen, in der Hoffnung, dass man einen mit der Hand angelassenen Dieselmotor zum Laufen bringen könnte. Nach einer Minute hörte Louis einen dumpfen Schlag. Er stutzte und lief nach draußen. In einer Entfernung von etwa fünf Metern lag der Kapitän regungslos auf dem Boden, er war tot. Louis konnte dies erst nicht glauben, zumal sich der Kapitän zu einem seiner engsten Vertrauten entwickelt hatte. Der Schiffstank explodierte durch das Experimentieren an der Elektrik.

Da der Kapitän von fast allen Insulanern sehr geschätzt wurde, verpackte man ihn zwei Stunden später in große Blätter und bestattete ihn mit Hilfe eines Floßes auf See. Weit später erfuhr Louis, dass der Kapitän fünf Jahre auf einer anderen bewohnten Insel gelebt hatte und von dort viel Erfahrung mitbrachte. Dies erschien Louis plausibel, denn es konnte keiner auf der Insel so viel technisches Verständnis aufweisen wie dieser Kapitän.

Die etwa eintausend Bewohner der Insel, deren geografische Lage Louis immer noch nicht in Erfahrung gebracht hatte, organisierten sich in kleinen Gruppen mit etwa zehn Siedlungen. Er wurde immer mehr, nicht nur von seiner Siedlung respektiert, auch andere Gruppen waren an dem Kontakt mit ihm interessiert, denn er konnte viel theoretisches Wissen zum täglichen Leben beisteuern.

Jede Siedlung wurde von fünf Ältesten „regiert" und die Insel hatte einen „Insel-Vorsteher" der bei Streitigkeiten Recht sprach. Es fielen ihm erstaunlich wenige Fälle des Rechtsbruchs auf, wenn sie aber eintraten, dann wurden die Täter sehr schwer bestraft. Ein Tötungsdelikt oder die Absicht zu töten wurde mit einem grausamen Tod bestraft. Er verstand die Insel-Justiz so, dass es gleichgültig war, ob jemand einen anderen Mensch umbrachte oder nur den Versuch unternahm, jemand zu töten. Die Tat oder der Versuch wurde mit aller Härte geahndet. Diese Interpretation von Rechtsprechung kannte er aus seiner Zivilisation nicht.

Der verstorbene Kapitän hatte zwei Töchter, mit der Älteren von beiden traf sich Louis des Öfteren, ja es entwickelte sich mehr als nur reine Sympathie. Es sei hier zum Verständnis des Lesers erwähnt: Die Insulaner kannten keine Verhütungsmittel, aber über die Praktiken zu verhüten wurden die Kinder schon früh aufgeklärt.

Louis unterlag immer wieder Stimmungsschwankungen, die Sehnsucht nach Familie und Heimat konnte er nicht abschütteln. Man kannte auf der Insel eine Arte Probezeit für die Ehe, ähnlich einer Verlobung, diese nahm zwei Jahre in Anspruch. Eine „Verlobung" musste vom „Insel-Vorsteher" ausdrücklich legitimiert werden, ebenso die Ehe. Louis und die älteste Tochter des Kapitäns verlobten sich mit dem Segen der Insel-Oberhäupter. Dies bedeutete nicht, dass beide zusammenziehen durften, die Regeln waren recht streng und wurden auch so gelebt.

Wenn Louis ehrlich zu sich war, langweilte er sich auf der Insel, er spürte kein Fortkommen, „Insel-Vorsteher" konnte er nie werden, dies war den Insulanern vorbehalten.

Während einer Bodenbearbeitung für den Maisanbau verletzte sich Louis am Fuß. Zunächst dachte er an Verstauchung, ein „Medizinmann" diagnostizierte einen Bruch. Der Fuß musste ruhig gestellt werden und Louis wurde damit außer Gefecht gesetzt. Sechs Wochen dauerte es bis man ihm die Bandagen abnahm.

Die Sonne stand Monat für Monat immer mittags im Zenit. Die Himmelsrichtungen Osten und Westen waren einfach auszumachen, aber Nord und Süd auszumachen machte Probleme, die Insel lag vermutlich in der Nähe des Äquators. Und trotzdem konnten die Insulaner mit Ost und West auf dem Meer navigieren. Uhren kannten sie nicht, konnten aber trotzdem die Zeit, ihre Insel Zeit, feststellen. Diese Zeitmessung wurde an Land, sowie auch auf See angewandt. Man baute dazu, schon standardisiert und „geeicht" rohrartige Gefäße aus Bambus. Diese Gefäße wurden so kalibriert, dass eine Füllung Sand durch einen Trichter innerhalb der Sonnenaufgangs- und des Sonnenuntergangs-Zeit lief. Da jeden Tag die gleiche Zeit zwischen Sonnenaufgang und Sonnenuntergang lag, war dies eine gute Technik. Die Hilfe der „Sanduhr" wurde auch bei der „Wasseruhr" genutzt. Anstelle Sand wurde mit anderer Kalibrierung Wasser zur Zeitmessung genutzt.

Die Insulaner, auch wenn es nur tausend Bewohner waren, hatten eine Infrastruktur geschaffen, die allen Bedürfnissen in einem Sozialgefüge gerecht wurde. Man konnte hier gut und friedlich leben. Louis gewöhnte sich im Laufe der Jahre daran, er vervollkommnete seine Insulaner-Sprache und nahm immer mehr deren Kultur und Lebensstil an.

Folgende 10 Jahre von Nils

Von Jahr zu Jahr litt Nils immer mehr unter dem Ausbleiben menschlicher Kommunikation. Dieser seelische Schmerz ging so weit, dass er oft an Suizid dachte, aber sein Überlebenswille setzte sich immer wieder durch. Streng genommen war sein Tagesablauf langweilig oder mit extremem Überlebensstress gespickt, fast jeden Tag das Gleiche.

Da er sich immer wieder von Tieren bis zur Größe eines Schäferhundes gestört oder angegriffen fühlte, waren seine Nächte nicht sonderlich geruhsam. In einer Nacht hörte er, denn seine Sinne waren nun schärfer als in der Zivilisation, ein leises Knacken, vielleicht zehn Meter von seiner Schlafstelle entfernt. Zu sehen war für ihn nichts, denn er hatte sich für einen zentralen Lebensraum am Rande einer Waldsiedlung entschieden. Der Mond war nur halb zu erkennen, spendete daher nicht genügend Licht. Er stand auf und griff vorsorglich nach einem Astknüppel, den er für solche Fälle zurechtgestutzt hatte. Vorsichtshalber stellte er sich mit dem Rücken an einen Baum, um sich wenigstens von hinten etwas sicher zu fühlen. Es knackte wieder vor ihm, drei oder viermal. Nils meinte in einer Entfernung von fünf Metern eine Bewegung erkannt zu haben. Dann verschwand diese Bewegung und entfernte sich von ihm mit dauerhaften und leiser werdendem Knacken. Diese Begegnung gehörte zu den außerordentlichen Stresssituationen, einschlafen konnte er nun nicht mehr. Diese immer wieder vorkommenden Störungen zur Nachtzeit veranlassten Nils über eine Art Baumhaus nachzudenken.

Es fehlten ihm Werkzeuge, denn ohne die konnte er fast nichts unternehmen, auch nicht jagen. Er schlug mehrfach handgroße Steine zusammen in der Hoffnung, dass sie zerplatzten. Nach vielen dutzenden Versuchen über mehrere Tage gelang es ihm, eine Art Keil aus einem Stein heraus zu schlagen. Dies war nun sein wertvollster Besitz, daher behandelte er den Stein äußerst sorgfältig. Mit diesem Stein konnte er nun Äste zu einer ihm gewünschten Größe zurecht stutzen. Äste wurden zu Lanzen. Wenn sich ihm einmal ein Tier näherte, so konnte er mit einer Lanze töten, soweit er es traf. Die durch den Stein-Keil entstandenen neuen Perspektiven machten Nils glücklich.

Nun hatte er ein Werkzeug um ein Baumhaus zu bauen, dies dauerte allerdings mehrere Wochen. Dafür fällte er zunächst Äste in gleicher Stärke und stutzte diese auf die gleiche Länge. Zuvor suchte er sich zwei sehr eng aneinander stehende Bäume aus, um dort sein neues Zuhause fertig zu stellen. Bis hierhin hatte Nils das Vorgehen recht gut durchdacht. Aber wie konnte er in eine Höhe von fünf Metern gelangen? Die beiden Bäume standen senkrecht und er verfügte nicht über die Geschicklichkeit und Kraft die Bäume zu erklimmen. In etwa acht Metern Entfernung zu diesen beiden Bäumen wuchs ein dünner, sehr langer Baum. Wenn es ihm gelänge, diesen Baum zu fällen und genau in die Richtung der ersten Bäume zu bewegen, dann hätte er eine Schräge, die er als Aufstiegshilfe nutzen könnte.

Seine Hände bluteten schon, weil Nils seit einer Woche versuchte, mit seinem Keil den schmalen Baum zu fällen. Als er instabil wurde, versuchte Nils den Baum in eine Schwingung zu bekommen, um ihn dann gezielt in die beiden Wunschbäume fallen zu lassen. Welch ein Glück, dies gelang ihm!

Seine Hände waren übersäht mit Blut und Blasen, an ein Weiterarbeiten war daher nicht zu denken, jeder Schlag mit dem Faustkeil wurde ungemindert auf die Hände übertragen. Er versuchte trotzdem auf den schrägen, schmalen Baum zu klettern. Da er sich mit seinen Händen nicht stabil festhalten konnte, fiel er aus einer Höhe von etwa drei Metern auf den Boden, zu seinem Hände-Problem kam jetzt noch ein verstauchter und schmerzhafter Fuß. Dadurch wurde sein Aktionsradius enorm verkleinert, Hunger und Durst meldeten sich wieder. Da er sich ein Depot, wenn auch klein, mit Früchten, Eiern und Wasser angelegt hatte, konnte er die zwei folgenden Genesungswochen überstehen.

Der Einsatz des Faustkeils war für Baumfällarbeiten oder Astbearbeitung mittlerweile ungeeignet. Nils dachte an eine Art Axt. Aber dazu brauchte er einen dicken Ast, den er auf Stielgröße mit dem Faustkeil zurecht trimmte. Nach zwei Wochen versuchte Nils, wieder mit dem Faustkeil, einen solchen Stiel zu bearbeiten. Er spaltete dazu eine Seite des Stiels und versuchte den Stein-Keil dort einzuklemmen. Beim ersten Schlag fiel der Keil heraus, was zu erwarten war. Der Keil musste extrem fest eingekeilt werden, aber womit? Die nächste Aufgabe stellte sich Nils: er musste extrem flexible aber feste und dünne Äste finden. Diese Suche war erfolgreich, aber erst nach einer Woche. Der Keil wurde nun in der Holzspalte des Stils mit den Ästen befestigt. Nach drei gescheiterten Versuchen gelang der Vierte - endlich. Nils war zufrieden. Nun gewann er wieder Zeit sich seinem Baumhaus widmen.

Er konnte wieder beide Hände, wenn auch begrenzt einsetzen und das Laufen machte ihm auch keine Probleme mehr. Er kletterte auf den schmalen schräg liegenden Baum um auf seine Baumhausbäume zu gelangen. Dazu musste er mit seiner Axt Zweige entfernen, was nun kein großes Problem mehr darstellte. Nun war der Architekt in Nils gefragt. Er musste eine weitgehend waagerechte Plattform zwischen seinen beiden Bäumen bauen. Erst wenn das stabil gelang, konnte er an Regenschutz und Dach denken. Die flexiblen Äste halfen ihm dabei, die bereits fertig gestellten Bohlen aneinander zu binden. Auch kam es zu kleineren Rückschlägen, die Nils aber nicht von der Fertigstellung abhielten, er wollte unbedingt überleben. Als das Baumhaus nach drei Wochen fertiggestellt wurde, musste der schräge Hilfsbaum entfernt werden und eine Leiter oder Treppe ins Baumhaus geschaffen werden. Nils entschied sich für eine flexible Leiter, die er, wenn er sich im Baumhaus aufhielt hochziehen konnte. Er wollte und brauchte Sicherheit, denn er kannte noch lange nicht die Eigenschaften und Bewohner der Insel.

Der schräge Baum stellte sich zunächst als ein Problem dar. Es gelang Nils von diesem Hilfsbaum zunächst die Äste zu entfernen. Als der schräge Baum davon befreit war, machte er sich selbständig und riss die mühsam erstellt Plattform aus der Verankerung, um dann ohne weitere Probleme auf den Boden zu fallen. Glücklicherweise wurde die Leiter nicht beschädigt, und so konnte Nils die Plattform reparieren. Den zu Boden gefallenen Baum zerlegte er mit der Axt, die zwischendurch immer wieder den Stein-Keil verlor.

Seine Kleidung zerfiel und die Nächte waren weiterhin kühl. Da er keine Felltiere bisher gejagt hatte, standen ihm auch keine schützenden Felle zur Verfügung. Mit der Axt und weiteren hergestellten Keilen schnitzte Nils unterschiedliche Speere. Er musste wegen seinem Nahrungsmangel jagen, was für ihn bis zu einem Zeitpunkt völlig fremd war. Es stand ihm kein Gewehr zur Verfügung, also musste er den treffsicheren Umgang mit den Speeren lernen. Dafür steckte er ein Ziel, etwa ein mal ein Meter ab, und versuchte dies zu treffen. Es gelang ihm immer besser.

Er kannte sich immer noch nicht aus auf der Insel, seinen ursprünglichen Weg zu der Eierlichtung fand er nicht mehr. Mit der Axt schlug er im Wald deutlich erkennbare Wege und belief sie mehrfach. Hin und wieder scheuchte er einige Hasen auf, die er nicht fangen konnte, weil er wohl zu leicht bemerkt wurde. Er passte seine Jagd-Taktik so an, dass er sich fast unhörbar durch den

Wald bewegte. Und so gelang es ihm, den ersten Hasen mit seinem Speer zu töten. Hocherfreut ging er „nach Hause".

Nils hatte noch nie einem Tier Fell abgebalgt oder eines ausgenommen. Der erste Versuch ging auch schief, denn die Axt und die Keile waren nicht scharf genug. Er konnte die erste Beute weder essen, noch vom Fell befreien, es mangelte an Spezialwerkzeug. So ging er auf die Suche nach besonders geeigneten Steinen, die er auch fand. Nur mussten diese Steine geschärft werden, um sie für seine Zwecke nutzbar zu machen. Dies war aufwendig, es wurde Stein an Stein geschabt, um die nötige Schärfe zu erreichen. Um einen scharfen Keil zu schleifen war ein härterer Stein als Schleifstein erforderlich. Auch dies gelang ihm und die zweite Jagd-Saison wurde eröffnet. Dieses Mal konnte er keinen Hasen erlegen, sondern eine Ente. Diese musste von den Federn befreit und ausgenommen werden. Feuer stand Nils nicht dauerhaft zur Verfügung, also aß er die Ente roh - nicht ohne Folgen: Sein Verdauungsapparat war nicht oder noch nicht auf solch rohe Kost eingestellt; Übelkeit und Bauchschmerzen waren die Folge. Ohne sicheres Feuer wird seine Ernährung ein Problem für ihn werden, dachte er. Sollte er es schaffen, eine dauerhafte Stelle mit Feuer zu erhalten, dann wäre das Problem vielleicht gelöst. Da das Feuer ständige Aufsicht erforderlich machte, hätte er sich nie weit von seinem „zu Hause" entfernen können. Besser wäre es bei Bedarf Feuer zu entfachen. Diese Idee verfolgte Nils. Er versuchte schon einige Male Feuer durch endloses Reiben zu erzeugen, aber nur mit mittelmäßigem Erfolg. Der Ausbau dieser Idee beschäftigte ihn dauernd. Die fast ständige Feuchtigkeit auf der Insel bereitete ihm daher Sorgen.

Beim Schlagen der Steinkeile entstanden Funken, so erinnerte sich Nils. Ein Funken ist ein kleines aber temporäres Feuer, dachte er. Konnte man nicht aus kleinen Funken eine Art Feuerwerk herstellen? Er erinnerte sich noch aus dem Chemieunterricht, dass Schwarzpulver aus Salpeter, Schwefel und Holzkohle produziert wird. Nun dämmerte es ihm. Er fragte sich immer wieder, warum seine Füße oft so schwarz waren und warum es in einer Lichtung nach faulen Eiern roch. Dies könnte ein Indiz dafür sein, so dachte er, dass auf der Insel Holzkohle und Schwefel vorkämen. Und dem war tatsächlich so. Nils unternahm Exkursionen, um beides zu finden und er war erfolgreich. Die Holzkohle war zwar feucht, er konnte sie aber transportieren. Der Schwefel war in Wasser gebunden, der Transport bereitete ihm daher schon Kopfzerbrechen. Mit Hilfe großer Blätter gelang es ihm, eine Art Gefäß zu bilden, so dass die Flüssigkeit mit Schwefel nicht verloren ging. Der Schwefel war feucht, die Holzkohle war feucht und Salpeter oder Salz waren nicht vorhanden. Da kam Nils auf die krönende Idee seinen Schweiß aufzufangen und zusätzlich mit Meerwasser zu trocknen. Das Trocknen in der Sonne von Holzkohle und Schwefel machte den Umständen entsprechend auch keine großen Schwierigkeiten. Nach einigen Tagen waren alle drei Bestandteile getrocknet. Die Mengenanteile der drei Stoffe waren Nils nicht bekannt, er musste viel experimentieren. Einmal stimmte das Verhältnis nicht, dann war wieder ein Teil zu feucht. Gezündet wurde durch das gegeneinander Schlagen von Steinen. Hin und wieder reagierte das Insel-Schwarzpulver mit kleinen Feuerfunken temporär, er war auf dem richtigen Weg. Nach tagelangen und dutzenden Versuchen zischte das Inselschwarzpulver komplett für etwa zehn Sekunden - das war es. Wenn Nils nun das Schwarzpulver herstellen konnte und Stroh bereithielt, dann konnte er auch Feuer nach Bedarf entfachen. Und so geschah es - er war wieder einen großen Schritt auf dem Weg des Überlebens weitergekommen. Nun konnte Nils wieder auf die Jagd gehen.

Diesmal brachte Nils wieder einen Hasen mit „nach Hause". Er balgte Meister Lampe ab und nahm ihn aus. Anschließend zündete er ein Feuer an, grillte das Tier und aß den Hasen mit höchstem Genuss. Das Fell reinigte er und legte es zur Seite. Als er die Felle von etwa einem Duzend Hasen gesammelt hatte, konnte er über einen Kälteschutz nachdenken. Ersatzfäden konnte er durch flexible dünne Äste herstellen, er hatte aber keine Nadel oder ein Gerät mit dem er Löcher in das Fell bohren konnte. Da er die Knochen seiner Jagdbeute aufbewahrte, konnte er die Rippen anspitzen und damit Löcher in das Fell stechen. Die Felle verband er mit den dünnen

Ästen und trug das Endergebnis als Kälteschutz um seinen Körper geschlungen.

Mittlerweile konnte Nils Wasser aufbewahren, Früchte bedingt konservieren und Fleisch trocknen, nur die Eier mussten frisch verzehrt werden. Dies war ein riesiger Fortschritt im Vergleich zum ersten Monat seines Aufenthaltes auf der Insel. Nils hätte bis dahin auch nicht überlebt, wenn er nicht Ausdauer und Willensstärke gezeigt hätte. Noch immer kannte er nicht viel von der Insel. Sein Bewegungsradius betrug höchstens fünf Kilometer.

Er fand etwa fünfhundert Meter von seinem „Zuhause" eine Stelle in einer Waldlichtung, die immer feucht war. Mittlerweile mit besserem Werkzeug ausgestattet, versuchte er an dieser Stelle zu graben. Je tiefer er kam, je feuchter wurde es - bis er auf Grundwasser stieß. Das fand er hervorragend, denn dann musste er sich nicht die große Mühe mit der bisherigen Wassergewinnung machen. Seine Euphorie wurde gebremst als ihm der Gedanke nach der Genießbarkeit des Grundwassers durch den Kopf schoss. Das Wasser könnte tödliches Gift enthalten, könnte aber auch Trinkwasserqualität haben. Diesem Risiko wollte er sich nicht aussetzen. Da kam ihm die Idee einen Hasen zu fangen und nicht zum Verzehr zu töten. Der Hase sollte zuerst von dem Wasser trinken. Und so geschah es. Der Hase hoppelte eine Stunde nach dem Genuss des Wassers ohne Anzeichen von Vergiftung davon. Nun war Nils dran. Erst nahm er nur einen Tropfen zu sich, eine

Stunde später eine Handvoll, und eine weitere Stunde später trank er kräftig von dem Grundwasser. Glücklicherweise machte dieses Grundwasser keinerlei Probleme.

An einem Tag sah Nils wieder einen Trampelpfad im Wald, der nicht von ihm stammte. Das erfüllte ihn mit großer Sorge und Angst. Größere Tiere oder Menschen konnte er bisher nicht ausmachen. Dies trieb ihn an, weitere waffenähnliche Werkzeuge zu erstellen. Er dachte auch an Fallgruben, ganz in seiner Nähe. Und wieder überkam Nils die Wehmut der Einsamkeit, das Fehlen der Menschen, keine Kommunikation und ausbleibende Zivilisation. Jeden Tag ritzte er eine Kerbe in einen naheliegenden Baum, um etwas Zeitgefühl zu bekommen.

Als sich Nils am Strand aufhielt, etwa fünfhundert Meter von seinem „Zuhause" entfernt, sah er ganz klein am Horizont ein Schiff in schätzungsweise zehn nautischen Meilen entfernt. Übermäßige Freude und Euphorie überkamen Nils, er sprang hin und her. Das Schiff reagierte nicht, so wie viele anderen Schiffe später auch nicht. Er sah oft den Vögeln zu, wie sie fischten. Dies bewog Nils seine Speere als eine Art Dreizack umzubauen und auf Fischfang zu gehen. Auch hier waren die ersten Versuche nicht von Erfolg gekrönt. Weiter als bis zum Bauchnabel wagte er sich nicht ins Wasser, denn man konnte in einiger Entfernung hin und wieder die Rückenflosse eines Hais sehen. Der Blick ins Wasser zu einem Fisch wurde optisch geknickt, das bedeutet der Fisch befand sich einige Zentimeter an einer anderen Stelle. Darum stach Nils mit seinem Dreizack anfangs immer neben den Fisch. Nach einem Tag hatte er aber Erfolg. Nun stand auch Fisch auf seinem Speiseplan.

Als Nils eines Tages sich etwas weiter von seinem „Zuhause" entfernt hatte hörte er Stimmen im Wald. Er war äußerst vorsichtig und bewegte sich fast geräuschlos. Vier dunkelhäutige Männer und eine Frau schubsten einen weiteren an den Armen gefesselten Mann vor sich her. Sie waren nur mit einem Lendenschurz und die Frau mit einem Sackkleid bekleidet. Es gab also doch Menschen auf dieser Insel, dachte Nils. In großem Abstand verfolgte er die Gruppe, verlor sie aber nach einiger Zeit aus den Augen. Diese Begegnung beschäftigte Nils enorm, er sah sich einer möglichen Gefahr ausgesetzt. Und wieder dachte er an Suizid.

Er war nun recht zufrieden mit seiner Nahrungs- und Trinkwassergewinnung. Trotzdem versuchte er sein Nahrungsangebot zu vergrößern. Bis auf Hasen, Enten, Früchte und Fische gab die Insel nicht mehr viel her. Eine weitere mögliche Nahrung wären Schlangen, die schienen Nils nicht einschätzbar, sie waren ihm zu gefährlich. Und dies hatte seinen Grund:

Bei einer Erkundung wurde Nils von einer Schlange gebissen. Nach fünf Minuten schwoll das Bein deutlich an und Nils fühlte sich wie unter Drogeneinfluss, das Laufen fiel ihm immer schwerer. Etwa einhundert Meter vor seinem „Zuhause" verlor er das Bewusstsein und fiel zu Boden. Ein Glück der Natur zeigte sich. Er fiel zu Boden in ein Loch mit Wasser und Sumpf. Das verletzte Bein ragte in das Wasser, das voller Blutegel war. Diesen Tieren verdankte Nils sein Leben, denn sie saugten genau an der Bisswunde Blut aus dem Körper. Nach einem ganzen Tag wurde Nils wach und taumelte mit leichten Wahnvorstellungen in Richtung „Insel-Heimat".

Nils versuchte Wurzeln von Sträuchern auszugraben, um sie als weitere Nahrung zu verwenden. Auch hier war ein Hase das Versuchskaninchen: die Wurzeln waren genießbar.

Sein größter Wunsch war nach Aufrechterhaltung seiner Lebensgrundlagen, ein Schiff oder Floß zu bauen. Dazu fällte er Bäume und schnitt die Stämme in weitgehend gleichgroße Teile zurecht. Dies nahm viel Zeit in Anspruch, denn die Baumstämme waren groß und mussten zum Strand transportiert werden. Einfach war der Schwertransport nicht. Um einen Stamm zu transportieren legte er kleine und handlichere Stämme unter den Großen und rollte ihn zum Strand. Diese Arbeit war kräftezehrend und kostete viel Zeit.

Auf einer weiteren Exkursion bzgl. Nahrungssuche begegnete Nils wieder vier Männern, einer Frau und einem an den Armen gefesselten Mann. Er verfolgte wieder diese Gruppe. Nach einiger Zeit und Gesprächen innerhalb der Gruppe drehte sich die Frau um und ging zurück. Nils folgte ihr in sicherem Abstand. Nach etwa einer Stunde Marsch, Nils war mittlerweile ohne jegliche Orientierung, kam die Frau am Strand an und ging zu einem Schiff mit Ausleger. Dort holte sie eine Art Dolch aus einem Fach und wollte wieder Anschluss zu ihrer Gruppe finden. Da entdeckte Sie Nils. Beide erschraken und gingen einen Schritt zurück. Nils hob die Hände um der Frau zu signalisieren: „Ich habe keine Waffen und habe nicht die Absicht Dich zu attackieren!". Die Frau schien dies verstanden zu haben, verhielt sich aber sehr vorsichtig. Nils ging auf sie zu und versuchte ihr die Hand zu geben. Diese Geste schien sie nicht zu kennen, wertete es aber als ein Wohlwollen und strich über seine Hand. Irgendwie schienen die beiden sich auch ohne Worte zu verstehen, beide hatten schnell kein Gefühl mehr der Angst. Nils war klar, dass die Gruppe nicht auf der Insel lebte, sondern mit einem Schiff von vielleicht einer anderen Insel gekommen ist. Die Frau fragte mit Gesten, ob Nils nicht mitkommen möchte. Trotz großer Bedenken erklärte er sich dazu bereit. Beide verließen den Strand und gingen ohne Worte durch den Wald. Nach etwa zwei Stunden kamen sie zu einer Lichtung wo sie die Männer trafen. Die Frau ging voran und erklärte vermutlich den anderen Männern die Begegnung mit Nils.

Der an den Händen gefesselte Mann war an einem Baum mit Seilen bewegungsunfähig gemacht worden. Die Frau gab einem der Männer den Dolch. Nils sah, dass in unmittelbarer Nähe eine Menge menschlicher Skelette aufgetürmt lagen. Nun bereute Nils sich der Frau angeschlossen zu haben. Der Mann mit dem Dolch stach dem Gefesselten in den Bauch, der Verletzte schrie vor Schmerzen. Nach einer endlosen Minute stach er ein weiteres Mal zu, diesmal in den Hals. Blut strömte aus dem Mund. Dieses Szenario dauerte etwa eine halbe Stunde bis der Gefesselte keine Lebenszeichen mehr von sich gab.

Warum behandelte die Mördergruppe Nils so freundlich? Nils war Weißer und hatte ein anderes Aussehen als die Gruppe, er sprach auch eine nicht verständliche Sprache, sie verneigten sich sogar vor ihm. Sahen sie in Nils vielleicht ein höheres Wesen? Anders war dieses Verhalten nicht zu verstehen.

Die Gruppe und Nils gingen zurück zum Strand, ein Strandabschnitt, den er noch nicht kannte. Die Wilden verbeugten sich und gingen zurück an Bord des kleinen Schiffes. Da Nils einen guten Orientierungssinn hatte lief er in eine Richtung, um dann sicher sein „Zuhause" wieder zu finden. Für ihn war diese Begegnung unheimlich und völlig unverständlich. Er war außer sich über die Mördergruppe, warum wurde dieser Mann so bestialisch getötet?

Folgende 10 Jahre nach dem Unglück

Nils war es gelungen, sich ein Überleben auf der Insel zu schaffen. Er hatte Nahrung und Trinkwasser. Seine Stimmungsschwankungen kamen immer wieder zum Vorschein. Sein Äußeres konnte er nicht sehen, es gab für ihn weder Spiegel noch konnten andere Menschen ihn darauf aufmerksam machen. Mit Selbstgesprächen oder Gesprächen zu Tieren und Pflanzen kompensierte er den Mangel an menschlicher Gemeinsamkeit.

Louis hatte von allen Familienmitgliedern die menschlich beste Situation. Er lebte in einer Gemeinschaft, die zwar nicht seiner Herkunft entsprach, ihm aber ein friedliches und harmonisches Leben bot. Im Laufe der Jahre konnte er sich gut anpassen und hatte keine Probleme bei der Eingliederung in das Sozialgefüge.

Ruth, Wolfgang und James durchlebten Situationen, an denen die meisten Menschen zerbrechen würden. Ruth war in einer psychiatrischen Klinik untergebracht und konnte keine Normalität empfinden, sie taumelte durch die Tage. Wolfgang hatte nun ein Alter erreicht, in dem das Kämpfen nicht mehr energisch möglich war.

Die zugelassenen Veränderungen auf diesem Erdball, insbesondere in Deutschland als Vorreiter, hatten eine fast bürgerkriegsähnliche Situation geschaffen.

Viele Jahre später für Ruth, Wolfgang und James

Für Ruth war das Leben nicht mehr lebenswert, es war eine Qual wegen all der schrecklichen Veränderungen in Deutschland und Europa. Ihre Erinnerungen brachten ihr immer wieder die Bilder des

Schiffsunglücks und der Vergewaltigung vor Augen. Für sie war der Tod besser als das Leben.

Sie fuhr mit dem Aufzug auf die Aussichtsplattform des Berliner Fernsehturms und versuchte einen abgesicherten Weg nach draußen zu finden. Nach langen aufmerksamen Beobachtungen konnte Ruth Techniker erkennen, die immer wieder durch eine gesicherte Tür gelangten. Sie war vorbereitet und schlug in einem günstigen Moment einem Mann, der die wichtigen Schlüssel in der Hand hielt, mit einer Eisenstange zu Boden. Sie entwendete ihm den Schlüssel, schloss die Tür auf und gelangte auf die höchste Ebene des Fernsehturmes. Dann sprang sie.

Wenige Wochen später verstarb Wolfgang an einem Herzversagen. James hatte wohl weitblickend in einigen Ländern Konten mit Geldern in der jeweiligen Landeswährung angelegt, so auch in USA. Er floh mit seiner Familie nur mit den notwendigsten Utensilien von Rotterdam per Schiff nach New York. Von dort flogen James, seine Frau und die beiden Töchter nach Hawaii. Dort war von der Invasion in Europa und deren negativen Auswirkungen wenig zu spüren.

James begann von Hawaii aus, sich als Korrespondent zu betätigen. Er schrieb viel für amerikanische Zeitungen, denn er kannte die Situation in Europa sehr gut, deswegen war er schnell ein gefragter Mann. Der Kontakt nach Deutschland riss nicht ab und so beschrieb er die Historie Europas aus seiner Sicht mit seinen

Erfahrungen. Mittlerweile erreichte auch er ein stattliches Alter.

Hier sein Text, der von der „New York Times" in unterschiedlichen

Ausgaben in Folge veröffentlicht wurde:

„Sehr geehrte Damen und Herren, liebe Leser!

Ich bin in Deutschland geboren und habe dort ein Unternehmen,
welches von meinem Vater gegründet wurde, übernommen und
weitergeführt. Im Laufe der Jahre veränderte sich die politische und
soziale Situation in Europa, insbesondere in Deutschland - meiner
Heimat - auf den wichtigsten Gebieten für ein normales Leben derart
zum Nachteil, dass ich Asyl in den USA beantragte. Europa wurde
von Asylbewerbern mit völlig anderen Mentalitäten und Kulturen im
gesamten einundzwanzigsten Jahrhundert überflutet. Dieses Asyl
wurde mir auch in USA gewährt. Heute lebe ich am Anfang des
zweiundzwanzigsten Jahrhunderts in hohem Alter auf Hawaii und
schreibe für verschiedene Medien, vorwiegend über meine
Einschätzung der Entwicklung im europäischen Raum -
unterschieden in die verschiedensten Bereiche. Der
Betrachtungszeitraum im folgenden Artikel reicht vom Jahr 2000 bis
in den Anfang des zweiundzwanzigsten Jahrhunderts.

Ein kleiner Teil der wesentlichen Merkmale

Zwischen dem Beginn des einundzwanzigsten Jahrhundert und
heute haben sich auf vielen Gebieten nicht mehr umkehrbare
Probleme gezeigt, die zum großen Teil von den europäischen

Ländern und deren Politik selbst verursacht wurden. Die Toleranz und die Freiheit wurden unter den Bürgern in den ersten Jahrzehnten des vergangenen Jahrhunderts als Konstante angesehen. Es fehlte auch an Zivil-Courage unangenehme Themen aufzugreifen. Die Massensuggestion und die daraus entstandene Hysterie konnten als Selbstläufer nicht aufgehalten werden. Lehnte sich ein von Vernunft geprägter Mensch mit guten Argumenten dagegen auf, so wurde er mundtot geschrienen. Im Nachhinein betrachtet haben sich vier Problemfelder herauskristallisiert, die maßgeblich einen Rückschritt bzw. Untergang in Europas - insbesondere in Deutschland – einleiteten :

- Vermehrte Negativauswirkung (Ausleben des Koran) des Islam mit einhergehender westlicher und nicht mehr umkehrbarer Toleranz
- Informationstechnologie mit steigender Unsicherheit Wahrheiten zu erkennen
- Verrohung und Verweichlichung der Bürger und deren Spaltung
- Überbevölkerung, insbesondere in Afrika, mit zunehmender Nahrungsknappheit und den daraus entstehenden Problemen

Die Weltbevölkerung nahm rasant zu. Entwicklungshilfen in der bisherigen Form förderten diesen Prozess auch noch. Afrika stand unter dieser Betrachtung im Fokus. Der Bevölkerungszuwachs auf diesem Kontinent war wesentlich höher als die Versorgung mit Lebensmitteln dem nachkommen konnte - im Vergleich zu westlichen Ländern. Kein Land, keine Regierung wagte sich, gegen die explodierende Geburtenrate einzuschreiten, obwohl die Folgen bekannt waren, aber nicht thematisiert wurden. Im nördlichen Afrika war vorwiegend der Islam mit seinen unterschiedlichen Ausprägungen ansässig. Das Bildungsniveau sank durch das Hungerproblem extrem, obwohl es nie Weltdurchschnitt verzeichnen konnte. Raub, Mord, Totschlag und andere Verbrechen nahmen immens zu, so dass kein afrikanischer Staat regelnd Einfluss nehmen konnte, der Westen schon gar nicht. Die Regierungen im nördlichen Afrika wurden korrupter und brutaler. An die Not des Volkes dachte niemand. Es kamen über viele Jahre Millionen Schwarze jährlich nach Europa. Deutschland nahm den größten Anteil auf. Dies waren bald 40 Millionen Zuwanderer im Laufe des einundzwanzigsten Jahrhunderts. In den Folgejahren blieb es bei diesem Niveau. Europa unternahm nichts, um Einfluss auf die Geburtenrate in Afrika zu nehmen, nichts um den Zuwanderern Grenzen des täglichen Lebens und des friedlichen Miteinander aufzuzeigen. Die Zuwanderer waren fast eine homogene Masse, die sich nicht scheute, ihre gewohnte Moral (oder besser Nichtmoral) in Europa auszuleben. Durch die Migration forderte der Islam immer mehr Raum und Einfluss. Bald war keinerlei, so wie wir es gewohnt waren, geordnetes Leben mehr möglich. Nachdem der Anteil der Einwanderer in einigen Gebieten

Deutschlands deutlich über 50 Prozent wuchs und die Deutschen mit ihrer guten demokratischen und friedlichen Erziehung keinen Gesamtwiderstand leisten konnten, brach schleichend aber bestimmt das Chaos aus. Es entstand mehrfach ein Zustand zwischen Bürger - und Guerillakrieg. Deutsche Produktivität im Sinne von Schaffenskraft wurde fast zerstört. Durch den enormen Zuwachs in Europa entstand ein Energieproblem, das nicht ansatzweise eine geregelte Versorgung gewährleistete. Man konnte nun erahnen, dass sich in Europa ähnliches abspielen würde wie in Afrika Jahrzehnte zuvor. Hunger und schlechteste Lebensmittelversorgung waren an der Tagesordnung. Mundraub war Standard und durch eine vorwiegend islamische Justiz wurde mal so und mal so geurteilt. Ein Kometeneinschlag in der Hudson Bay in Kanada führte letztendlich fast zum kompletten Zusammensturz der kanadischen Wirtschaft, soweit man davon reden konnte. Am wenigsten war der Osten Asiens von der Natur- und der Wirtschafts- Katastrophe betroffen. Hier gab es keine Ausprägung von Religionen, so wie wir den Islam, den Buddhismus und den Hinduismus kennen. China berief sich sehr lange auf Konfuzius, eine friedliche und lebenskluge Weltanschauung. Im ehemaligen Westen wichen die Kirchen den Moscheen. Sehr viele Christen konvertierten zum Islam, um nicht diskriminiert zu werden. Bald war eine Gesamtsituation ähnlich der des Mittelalters zu erkennen.

Wegen einer, rückwirkend betrachtet, unseriösen Finanzpolitik, brachen Europas Banken zum großen Teil in dieser Zeit wegen

Überschuldung zusammen. Die EZB forderte Gelder von den EU-Mitgliedstaaten, um damit faule Staatsanleihen zu kaufen. Dieses Geld war schlichtweg verschwunden. Danach ging es den Staaten an den Kragen und somit den öffentlichen Versorgungssystemen. Es kam zu bürgerkriegsähnlichen Zuständen, als einzelne Länder die EU verlassen wollten. Mit Hilfe einer „Anti-Hass Brigade", den späteren Nachfolgern der Antifa, und muslimischen Söldnern gelang es den regierenden „Sozialtechnokraten" die Aufstände und Sezessionsbewegungen niederzuschlagen. Um den gewandelten demografischen Realitäten Rechnung zu tragen, wurde in einem Vertrag, im ehemaligen Wien, ungefähr die Hälfte Europas an „Das Kalifat" und Mauretanien abgetreten. Nur sieben weiße „Homelands", unter ihnen Austrasien (ehemals Deutschland) blieben vorläufig unabhängig, in ihnen wurden jedoch die Heimatsprachen zugunsten der primitiven Universalsprache Multilingue abgeschafft. Das gesamte überlieferte Wissen, Literatur und Kunst verschwand in schwer bewachten Tresoren, ein Papst wurde ermordet, das Christentum teilweise verboten und ein Großteil der Kirchen zerstört oder zu Moscheen umgewandelt - zuletzt der große Dom von Al-Colonia (ehemals Köln). Als die „Sozialtechnokraten" die endgültige Übergabe der weißen Homelands an die Muslimenstaaten vorbereiteten, brach Ende des zwanzigsten Jahrhunderts ein letzter vergeblicher Aufstand aus, der jedoch niedergeschlagen wurde. Damit war Europas Schicksal besiegelt, bald waren die letzten

Europäer in der Minderheit. Es blieb die Frage: Wie konnte ein so großartiger Kontinent derart abstürzten?

Gründe für diese Entwicklung bestanden in folgenden Phänomenen: Freiheit und Demokratie wurden immer als Konstanten gesehen, kein Anpassungswille an die neue Realität, mangelnde Zivil-Courage der Politik, selbstzerstörendes Phänomen der Europäer, Toleranz stand vor realer Kritik, Gutmenschentum, Verweichlichung, kein Wille zur Verteidigung, „alle Menschen sind gleich und die Masse ist gut", Angst ein zentrales Landes-Gesetz anzupassen, Religionsfreiheit und Asylrecht.

Religion

Seit Anfang unserer Zeitbetrachtung konvertierten eine beachtliche Anzahl der Asylbewerber zum Christentum Die christlichen Kirchen vollzogen diesen Vorgang unkritisch und ohne großes Hinterfragen. Ähnlich wurde das Konvertieren vom Christentum zum Islam praktiziert. Das Ziel Christ zu werden wurde von den Asylanten anfänglich nicht aus Überzeugung gewählt, denn sie kannten das Christentum nicht. Sie hegten lediglich das Interesse Vorteile in Europa bzw. Deutschland zu erwirken. Da durch den Bevölkerungszuwachs in Afrika immer mehr Menschen unaufhaltsam nach Europa drängten, zeigte sich im Laufe der Jahrzehnte immer mehr ein Machtverhältnis zu Gunsten des Islam. Die Zugereisten hatten im Durchschnitt rüdere Umgangsformen, nebst Moral und Kultur. Der Alteuropäer war in der Mehrzahl an

„danke" und „bitte" gewöhnt, dies war bei den Zugereisten bei Weitem nicht durchgängig der Fall. Man konnte sagen, es standen gute Umgangsformen einem forderndem Verhalten gegenüber. Die im Koran zu entnehmenden Verse unterstützten dieses Verhalten noch: die Europäer seien ungläubig und bedurften einer radikalen Behandlung. Diese Waage der Mentalitäten bewegte sich immer mehr zu Gunsten des Islam. Kein deutsches oder europäisches Gesetz konnte hier gegenhalten. Der Islam gewann letztendlich in Politik und Staat die Oberhand. Das Christentum ging zurück, weil sehr viele Menschen durch Heirat oder Druck zum Islam fast gezwungen wurden. Weiterhin wurden viele Kirchen zu Moscheen umgewandelt, ähnlich wie bei der Hagia Sofia in Istanbul vor langer Zeit. Ein Papst lebte im Exil, weil er von Muslimen mit Gewalt vertrieben wurde. Später wurde er ermordet. Aus dem Petersdom wurde die größte Moschee des Erdballs.

Am Anfang unseres Zeitspektrums - ab 2000 - hielt man zu lange am Grundgesetz und am Freiheitsbegriff fest, ohne eine Anpassung an die neuen Gegebenheiten vorzunehmen. Beides wurde unveränderbar als Konstante angesehen. Der Begriff der Toleranz wurde zu lange sehr ausdehnt gelebt. Europa, insbesondere Deutschland, ging es bis 2030 sehr gut: der Mensch wollte sich auf keine Konflikte einlassen, das Gutmenschentum tat eben gut. Gerade die im Grundgesetz verankerte Religionsfreiheit führte durch die unverändert hohe Toleranz ganz entscheidend zu dieser beschriebenen Veränderung der Religion in Europa bei. Während man bei aufgeklärten Christen immer noch Realität erwarten konnte, zeigte sich die Auslebung des Islam wie eine seelische Droge, ideologisch bis fanatisch. Mit dieser demografischen Veränderung ging auch die Vermehrung des aggressiven Islam einher. Der Koran und der Dschihad ersetzten die zehn Gebote.

Bevölkerung, Menschen, demografischer Wandel

Mitte bis Ende des einundzwanzigsten Jahrhunderts vervielfachte sich die Bevölkerung in Afrika gegenüber 2000. Die Versorgung mit Lebensmitteln wuchs in dieser Spanne nicht mit. Wenn 2000 für zehn Afrikaner annähernd und durchschnittlich ausreichend Nahrung vorhanden war, so reichten die Lebensmittel viele Jahrzehnte später nur noch für fünf Personen. Der Kampf um die Nahrung begann. Die in einigen Regionen Afrikas sehr niedrige Moral entwickelte sich durch Hunger und Durst zu heftigen Reaktionen: Diebstahl, Körperverletzung bis hin zu bedenkenlosen Morden wurden getätigt - nur um nicht zu verhungern. Der Kampf ums Überleben hatte begonnen! *Stellen Sie sich bitte theoretisch genau diese Situation in Deutschland vor. Was denken Sie, ob alle Deutschen brav und freizügig bleiben, auch wenn sie Hunger und Durst haben? Ich denke das nicht. Ab einem gewissen Notstand reagieren Mensch und Tier ähnlich. Nochmal: niemand will verhungern oder verdursten! Moral und Menschlichkeit waren am Beispiel Afrikas am Boden, ebenso die Produktivität und Leistungsfähigkeit in Europa.*

Es begann über Jahrzehnte eine nie dagewesene Völkerwanderung von Afrika in das satte Europa. Ureuropäer konnten gebietsweise nur noch zu 40 Prozent ausgemacht werden. Immer mehr Afrikaner kamen, obwohl das alte Europa mittlerweile wieder Grenzen einrichtete. Diese Grenzen konnten dem Ansturm nicht standhalten; Metzeleien waren in Grenzgebieten an der Tagesordnung. Europa konnte auch Afrika nicht mehr helfen, weil die europäische Bevölkerungsstruktur eine völlig andere wurde als 2000. 50 Prozent der europäischen Bevölkerung trat für Afrika ein und engagierte sich, es war aber nicht mehr zu retten. Es entstand ein „point of no return". Mit der andauernden Invasion der Afrikaner wurde Europa immer leistungsunfähiger, das Geld ging aus und der Lebensstand sank auf ein sehr niedriges Niveau.

Man muss sich nur einmal vorstellen, dass man 2000 ein gutes Glas Rotwein mit Freunden genoss. Legte man nun einen Eiswürfel in den Rotwein, so hat dies noch keine sonderliche Auswirkung auf Geschmack und Qualität. Ein zweiter, dritter oder vierter Eiswürfel, die ja dann langsam und schleichend schmelzen, veränderten Geschmack und Qualität zusehends. Ist der Geschmack erstmal dahin, lässt sich der Tropfen nicht mehr veredeln. So zeigte sich Europa.

Von dieser Qualität und Leistungsfähigkeit war Europa am Ende des einundzwanzigsten Jahrhunderts geprägt - aus einem guten Geschmack wurde ein Suselwasser. Durch die langsame und stetige Vermischung des Zuzuges gingen Moral und Produktivität stark zurück. Wer die vier Grundrechenarten beherrschte, teilte diese Entwicklung. Erschwerend kam hinzu, dass weit über 50 Prozent der Invasoren überzeugte Muslime waren. Die Produktivität der muslimischen Länder war erheblich geringer als die im alten Europa und somit auch deren Menschen.

Die sozialen Triebe der Menschen - *positiv: Liebe, Nachsicht, Aufopferung, Verzicht, Hilfsbereitschaft, Kooperationsbereitschaft, Teamgeist, Verständnis, Großzügigkeit, Trauerfähigkeit, Realitätssinn, etc ...; negativ: Gier, Machtstreben, Aggression, Verständnislosigkeit, Neid, Hass, Rücksichtslosigkeit, Rache, Missgunst, Geiz, Fanatismus, etc.* - blieben zwar erhalten, wurden aber immer mehr zum Negativen hin ausgelebt. Der Familiensinn und der Zusammenhalt der Familie war fast verschwunden. Alle Triebe, auch angefragter Sex, wurden rücksichtslos ausgelebt.

Sport und körperliche Ertüchtigungen, sowie Wettkämpfe hatten keinen Bestand mehr, man war zu sehr mit sich selbst und dem Eigenerhalt beschäftigt. Die Kinder waren „Staatseigentum" und wurden, da sie nicht mehr durch Frauen ausgetragen wurden, nach der Kunstgeburt im Brutkasten, nach einem bestimmten Schlüssel auf Heime verteilt. Das Interesse der eigentlichen Eltern am eigenen Kind war nur in Bruchstücken zu erkennen. Ein nicht unerheblicher Teil der Kinder, die aus Afrika einreisten, kannten den Umgang mit Waffen bestens, sie wurden damit groß. Die Kinder wussten ganz genau, dass mit Waffen schnell getötet werden konnte. Die Skrupelgrenze war beängstigend!

Nun waren diese Kinder aber in Europa, was denken Sie als Leser, wie sich diese Kinder und später Heranwachsende ihr vermeintliches Recht holten? Sicher nicht mit Danke- und Bitte-Sagen. Im Stall wird der Geruch geprägt, den ein Mensch oder ein Tier nie vergisst. Damit möchte ich sagen, dass die ersten Jahre im Leben eines Menschen neben den angeborenen Talenten prägend sind. Hat ein Kind töten oder rauben gelernt, so ist die Hemmschwelle dies zu tun gering. Hat ein Kind Rücksicht und Teamgeist gelernt, so ist die Wahrscheinlichkeit hoch, dass es neben seinen angeborenen Talenten dies ausleben wird. Wächst ein Kind heran und es nimmt seine Menschen-Umwelt wahr, so wird es wie die Äffchen das Vorgelebte nachmachen. Und so wurden die Negativ-Eigenschaften verstärkt nach Europa getragen und auch ausgelebt. All diese negativen geschilderten Zustände und Umgangsformen waren so dominant, dass man auf die kleine Minderheit der guten Moral verzichten konnte. Wir kennen Rudel- und Schwarmtiere. Zu dem ersteren zähle ich auch den Menschen. Eine deutliche Ausprägung des Rudelverhaltens ist der Zusammenhalt und das Abgrenzen von Territorien. Das ist Natur und wurde aber vom Menschen in den vielen Jahrzehnten abgeschafft. Meine Meinung dazu: Sobald der Mensch in die Natur eingreift, wird sich dies früher oder später rächen. In jüngeren Jahren habe ich z.B. den Fortschritt als uneingeschränkt und unbedingt als förderungsfähig angesehen. Soziale Veränderungen, wie z. B. Grenzenlosigkeit ist so gesehen ein sozialer Fortschritt. Heute sehe ich dies in dieser Deutlichkeit nicht mehr, heute grenzt diese Einstellung und auch Toleranz an Dummheit.

Was waren und sind mir Freundschaften wichtig! Sie geben nicht nur ein Gefühl von Zugehörigkeit und Verständnis, sie zeigen auch die eigenen Grenzen auf. Die Freundschaften haben in meiner Geschichte enorm gelitten.

Jeder suchte wegen Knappheit an Ressourcen seinen eigenen Vorteil. Es gab kaum noch ein Miteinander, das Gegeneinander gewann an Macht. Mit diesem Verhalten konnte keine ordentliche Produktivität aufrechterhalten werden. Wir hatten 2000 Erfolg, weil wir unsere Arbeit aufteilten, jeder machte das, worauf er spezialisiert oder ausgebildet war, es war ein miteinanderarbeiten, ein Räderwerk in dem die Räder aufeinander abgestimmt waren. Bald passten einige Räder nicht mehr, sie wurden ersetzt, zeigten aber schlechte Qualität.

Nach dem zweiten Weltkrieg bis 2000 setzten sich Höflichkeit und ehrlicher Respekt vor dem Gegenüber durch. Sicherlich gab es auch Ausrutscher, aber „danke" und „bitte" waren bei uns Standards.

Nun stellen Sie sich mal ein Kind vor, das von seinen Eltern viele Geschenke bekommt, ohne jemals in seiner Entwicklung darauf aufmerksam gemacht worden zu sein, dass hinter den Geschenken Arbeit und Rohstoffe stehen - diese produzieren sich nicht von selbst. Je nach Erziehung darf davon ausgegangen werden, dass ein erheblicher Teil dieser verwöhnten Gören im späteren Leben Zuwendungen einfordern werden. Im Kopf dieses kleinen Menschen steckt dann, dass man etwas bekommt, ohne etwas zu leisten. Eine

derartige Pseudo-Realität gibt es auf dem gesamten Erdball nicht.
Sicher können wir beim Wandern in den Bergen das Glück haben,
eine Wasserquelle zu finden, dann brauchen wir nur noch zu trinken.
Dieses Geschenk ist aber ein absoluter Ausnahmefall! Für die
Invasoren wurden Geschenke zur Selbstverständlichkeit.

Am Anfang des einundzwanzigsten Jahrhunderts vermittelte -
besonders Deutschland - Einladungen an afrikanische und
muslimische Länder. *Mir persönlich liegt unterschiedliche Literatur*
vor, in der in verschiedenen arabischen Sprachen der Zugang und
die Lebenshaltung für sogenannte „Flüchtlinge" in Deutschland
beschrieben wird. Ich bleibe zunächst mal bei dem Begriff
„Flüchtlinge", obwohl diese Bezeichnung nach meiner Meinung
nicht zutrifft, Beispiele wurden hier bereits genannt. In Deutschland
bekam die Masse der Flüchtlinge eine Unterkunft, Nahrung,
Kleidung, Taschengeld, Kindergeld und einiges mehr. Diese
Menschen kamen bereits mit dieser Einstellung hierher. Es ist nur
eine reale Feststellung: die Zugereisten bekamen vieles ohne
Gegenleistung – pädagogisch völlig falsch mit einer nachhaltig
negativen Zielrichtung.

Der Mensch gewöhnt sich an Geschenke. Da sehr viel über das
Leid der Kriege in den Medien berichtet wurde, erspare ich mir dies
hier. Niemand, ich betone nochmal, niemand kennt die Wahrheiten,
die sich hinter diesen Menschen verbergen. Glauben Sie bitte nicht,
dass diese Menschen besser sind als wir. Auch sie wissen ihren
Vorteil zu nutzen. Die in den Medien und der Politik gerne

aufgeführten positiven Fälle von Flüchtlingen sind eher
unterrepräsentiert.

Zur Vorteilsnahme gehört ganz klar das Lügen oder das
Verfälschen von Wahrheiten. Ein dummer Mensch kann nicht lügen,
dazu gehört nämlich die Fähigkeit, eine plausible Fassung einer
Situation verständlich zum eigen Vorteil darzulegen. Dies ist
zunächst mal – ich nenne es ein Verfahren – sich in Wirtschaft,
Politik und Gesellschaft zu behaupten. Eine kleine Veränderung
einer Selbst-Beschreibung, um sich vielleicht selbst in ein besseres
Licht zu stellen, ist schon der Anfang einer kleinen Lüge.

Und dies als Erkenntnis: Die sogenannten Flüchtlinge logen auch
zu ihrem Vorteil. Bald hatten die, die zu uns kamen einen politisch
starken Stand, die Grundmoral änderte sich auch nicht groß durch die
Alteuropäer. *Man glaubt nicht, wie lange sich Grundeinstellungen*
und Verhaltensmuster über Generationen halten können.
Anzunehmen, dass sich die Flüchtlinge z.B. in Deutschland in zwei
Jahren total anpassen würden, war ein Irrtum. Fairerweise muss man
feststellen - und nur diese Beispiele wurden in den Medien publiziert
- dass sich doch eine auffallende Anzahl der Zugereisten
arbeitstechnisch integrierte, einige fielen aber auch wieder in die
Mentalität ihrer Herkunft zurück.

Europa reagierte auf diesen Völkerstrom, später als Invasion
bezeichnet, immer mehr mit Hass und Spaltung. Deutschland spaltete
sich wegen dieses Themas tatsächlich. Auf der einen Seite standen
die Gutmenschen, Realitätsfremde, Verdränger und Rächer an

unserem System, auf der anderen Seite standen (man ist kein Fremdenhasser, wenn man mit Weitblick zukünftige Probleme mit den Flüchtlingen erahnen kann) Realisten mit Weitblick und Tiefgang.

Frühere Gewaltspiele am Bildschirm wurden größtenteils durch Gewalt im realen Leben ersetzt. Der Einfluss der Eltern war minimal und die „staatlichen Erzieher", zu einem erheblichen Teil selbst gewalterzogene ehemalige Kinder aus Afrika, hatten kein Interesse an einer moralisch menschlichen Normalisierung, sie kannten auch nichts anderes. Eine Spirale aktivierte sich, die nicht mehr rückgängig zu machen war.

Korruption und Bestechlichkeit waren an der Tagesordnung. Aus dem alten Europa wurden zusammengewürfelte Menschgruppen ohne gesellschaftliche Regeln. Auch dies nagte an der Gesamtproduktivität. Korruption wurde durch Begehrlichkeiten gefördert. Gerade der, der sich auf unredliche Weise Vorteile verschaffte, wurde zum Objekt der Begehrlichkeit. Ein Schurke kämpfte gegen einen anderen Schurken.

Das individuelle Denken verschwand. „Denken" wurde den Massen überlassen. Es gab zwei Meinungsquellen: Zum einen säten Politiker Meinungen, zum andern ergaben sich Meinungen ohne Hirn und Sachverstand aus der Masse heraus. Und die Masse hatte Macht, der sich auch die Politiker nicht verschließen konnten. Aber in der Masse konnte sich der einzelne Mensch verstecken und durfte unentdeckt seine primitive Seite zeigen. Es bedurfte nicht der Kunst eines hervorragenden Redners oder Polemikers, um die Massen zu beeinflussen. *Betete man dem Mensch dreimal etwas vor, so nahm er dies als seine Meinung an. 80 Prozent der Menschen bildeten sich so ihr Urteil. Hatte man die Bevölkerung mit Hilfe der Massenpsychologie erstmal eingefangen, waren sie leicht zu führen.* Einem Teil der Flüchtlinge ist es sehr gut gelungen von den Europäern zu lernen. *Diesen Typ Mensch bezeichne ich als clever; sie sahen auch, dass gesellschaftliche und politische Ordnung zu einem Gesamtvorteil der Bevölkerung führte.* In den späteren Jahren wurde wieder erkannt, dass es der Produktivität und der Gesellschaft zuträglich ist, dem Einzelnen vermehrt Verantwortung zu übertragen.

Es ist bei dem einen oder dem anderen aber ein gewisses Maß an Individualität geblieben. Dies ist gut und schlecht zugleich. Das individuelle Denken des Menschen trägt mit entscheidend zu einem Fortkommen bei. Da aber das Maß an Massensuggestion so groß wurde, hatte man wenige Möglichkeiten des individuellen Auslebens. Das Ergebnis war Selbstüberschätzung und falsche Wahrnehmung. Es gab doch immer wieder euphorische Menschen, die handelten, ohne die Folgen einschätzen zu können. *Wenn es dem Esel zu gut geht, geht er aufs Eis.* Geblieben ist die Neugier der Menschen, und die ist Voraussetzung für den Fortschritt.

Der soziale und gesellschaftliche Unterschied zwischen Mann und Frau wurde kleiner im Vergleich zu 2000. Da die Kinder immer mehr von einer Automatenmutter ausgetragen wurden, veränderte sich im Laufe der Jahre auch Körper und Psyche der Frau. In den letzten Jahren des einundzwanzigsten Jahrhunderts wurde festgestellt, dass die Veränderungen der Frau emotionale Auswirkungen auf die Kinder zeigten. Man vermutete, dass sich das allgemeine und auch spezielle Sozialverhalten abbaute. Es entstand eine wissenschaftliche Diskussion über das Thema „Gene versus Umwelt". Durch den technischen (zweifelhaften) Fortschritt des automatischen Austragens eines Kindes, gewann die Manipulation immer mehr Bedeutung.

Der soziale Begriff der Toleranz nahm stark ab, da zu viel gekämpft wurde und Einstellungen gegenüber anderen Gruppen von der Politik vorgegeben wurden. Mit dieser Veränderung ging auch die Empfindung des Mitgefühls zurück.

Das Beurteilungsvermögen gegenüber anderen und die Selbsteinschätzung wurden dadurch inzwischen extrem reduziert, denn von Staats wegen wurden diese Urteile vorgegeben. Ein Mensch wurde nach Kriterien seiner Ausbildung und Leistungsfähigkeit eingestuft.

Da sich der Mensch in dieser Zeit immer mehr von der Natürlichkeit seines Daseins entfernte, dies bemerkte, aber keine Mittel dagegen hatte, begann er Drogen zu konsumieren. Der illegale Drogenhandel bekam mehr Bedeutung als im Jahr 2000. Instinktiv spürte der Mensch, dass ihm etwas fehlte und betäubte sich. Die sensorische Wahrnehmung der Menschheit war geringer als in 2000: Es wurde zu viel von Staat und Maschinen abgenommen.

Am Anfang des 21. Jahrhunderts dachte man gerne an vergangene und angenehme Zeiten zurück, man tat gern schöne Dinge, wiederholte vieles aus liebgewonnener Gewohnheit. Die Menschen hatten aus 2000er Sicht im zweiundzwanzigsten Jahrhundert keine schöne Lebensphase, es gab daher auch keinen Grund etwas aus Gewohnheit zu wiederholen. Die Suizid-Gefahr war daher sehr hoch. Sicherlich gewöhnten sich die Menschen damals an einen Trott, aber nur aus Gewohnheit.

Öl gab es nicht mehr, die reichen Ölscheichs verarmten, weil sie außer Öl nicht viel zu bieten hatten. Während sich Deutschland mit sehr wenigen Bodenschätzen auf Produktion, Handel und Dienstleistung einstellte, versäumten dies die Scheiche.

Haustiere gab es im Sinne von 2000 nicht mehr. Zwar war der Politik klar, dass auf diesem Erdball ein Einklang mit der Natur zu halten ist, aber Haustiere durften nicht mehr gehalten werden. Dies übernahmen übergroße Zoos. Es war der Politik und den Bürgern durchaus bewusst, dass jede Pflanze und jedes Lebewesen seinen Platz auf diesem Erdball behalten sollte. Trotz unschöner Zeiten war doch noch Raum für solch guten Einstellungen.

Die Musik wurde nicht mehr von Komponisten kreiert und von Musikern vorgetragen, Musik kam aus einem Generator. Selten wurde daher ein Musikstück mehrfach gespielt. Der damalige synthetische DJ wählte nur die Musikrichtung aus, alles andere machte der Computer. Sich wiederholende Ohrwürmer gab es nicht.

In früheren Zeiten wurde, um keine Unruhen entstehen zu lassen, das Thema der Migration immer weniger behandelt aber auch unterschiedlich ausgelegt. Z.B. wer in Deutschland als Asylant zu reiste, war ein Migrant. Wer in Deutschland geboren wurde mit Eltern aus z.b. arabischen Ländern hatte Migrationshintergrund. Um einen Menschen völlig zu integrieren, dies bedeutet, dass er die Gepflogenheiten des aufnehmenden Landes annimmt, bedurfte es mehr als einer Generation, denn der Einfluss der Familie, insbesondere der Eltern wirkt nachhaltig.

Die deutsche Bevölkerung wurde zu einer ungesteuerten Promenadenmischung mit erheblich weniger Produktivität.

Volkswirtschaft, Zahlungsmittel, EU

Am Anfang des zweiundzwanzigsten Jahrhunderts reduzierte sich die Produktivität, insbesondere im ehemaligen Deutschland, auf die Hälfte im Vergleich zu 2000. Der Hauptgrund lag in der Mehrzahl der Einwanderer, die in der Masse nicht über vergleichbare Kenntnisse, Leistungsvermögen, Ausdauer und Ausbildung wie die Europäer verfügten. Die unterschiedlichen und ausgelebten sozialen Konflikte zwischen Zugereisten und Alteingesessenen trugen mit ihren Reibungsverlusten zu diesem Zustand bei. Die Auswirkungen des praktizierten Islam bremsten ebenso die Wirtschaftskraft. Nach einem Auswahlverfahren von „Stellungs-Punkten" (ein Werteverfahren, das sich ein Mensch im Laufe seines Lebens erwerben konnte) wurden Ingenieure, Forscher und Wissenschaftler ausgewählt und mit einem politischen Druck in einigen Regionen schlecht entlohnt. Genau diese Menschen waren es aber die 2000 die Wirtschaft entscheidend am Laufen hielten. Die technisch und wissenschaftlich Kreativen rekrutierten sich noch zu einem kleinen Teil aus den ehemaligen Alteuropäern.

Die Entlohnung erfolgte nach einer Wertescala des jeweiligen Mitarbeiters in zehn Stufen. Man konnte durch ein persönlich angesammeltes Punktesystem Punkte dazu gewinnen, aber auch verlieren. Dieses System war Grundlage für die Entlohnung, die auch offen gelegt wurde. Dass dadurch Neid und Missgunst entstanden erklärt sich von selbst.

Am Ende des einundzwanzigsten Jahrhundert waren alle Ölreserven erschöpft. Daraufhin hat man sich immer stärker der Wiedergewinnung von Energie aus nicht fossilen Quellen konzentriert. Ein Trend der schon 2000 klar zu erkennen war.

Der Anteil an Männern in Mitteleuropa, insbesondere des ehemaligen Deutschlands lag bei fast 70 Prozent. Dies führte ständig zu Rivalitäten und überhöhten Vergewaltigungen von Frauen. Der Staat war nicht mehr in der Lage, dieser Problematik Herr zu werden. Vor diesem Hintergrundgeschehen wurden Rache und Vergeltung täglich verübt. Dieser hohe Anteil an Männern, vorwiegend Schwarze, war auf die Völkerwanderungen und Invasionen aus Afrika zurückzuführen, denn dieser Kontinent war völlig überbevölkert und befand sich in ständiger Hungersnot.

Es wurde auch einmal die Gelddruckmaschine angeworfen: Das Ergebnis war die schleichende Geldentwertung.

Es sind starke Formen der Rationalisierung auf allen Gebieten eingesetzt worden. Dies hatte zur Folge: Freisetzung von Arbeitnehmern, Rückgang der Produktions- und Leistungsqualität.

Immer mehr Mitglieder wurden in der EU und EURO-Zone aufgenommen, dadurch entstand eine Überschuldung gepaart mit falscher Geldpolitik. Man drängte auf eine Umverteilung von Nord nach Süd (in Krisenländer), dadurch wurden soziale Konflikte und finanzielle Notsituationen in den Geberländern provoziert. Umverteilung des Vermögens änderte nicht die Mentalität der Krisenländer, Krisenländer waren beratungsresistent. Bis 2018 kaufte die EZB faule Staatspapiere von EU-Staaten, damit wurden diese Staaten finanziert. Das Geld kam aus den wirtschaftlich gut gestellten EU-Ländern. Kein Bürger konnte über solch große Transaktionen mitentscheiden, z.B. durch Wahlen.

Es wurde eine Organisation einer internationalen und globalen Börse für Waren und Dienstleistungen eingerichtet. Dadurch erhoffte man sich bessere Transparenz, Vergleichbarkeit und sinkende Preise. Nach einigen Jahren konnte der Rückgang von Werbung verzeichnet werden. Ein starker Wettbewerb führte zu vielen Pleiten.

Nach einiger Zeit brachen starke Volkswirtschaften zusammen, Demonstrationen und Revolten nahmen überhand bis zur Blockierung des täglichen und wirtschaftlichen Lebens.

Eine Teilenteignung von Unternehmen und privatem Vermögen wurde gegen massiven Wiederstand beschlossen. Produktivität und Motivation ließen weiter nach.

Die Arbeitswelt änderte sich gravierend: verstärktes Homeoffice und freie Zeiteinteilung mit Kontrollen wurden eingeführt.

Es wurden neue Zahlungsmittel kreiert, Geld/Euro wurde bis auf einen kleinen Teil abgeschafft, freie Banken gab es nicht mehr, die Kredit- und Geldwirtschaft wurde verstaatlicht und ein enormer Anstieg der Korruption wurde verzeichnet. Clevere Individuen verstanden es, sich daraus einen eigenen Vorteil zu verschaffen. Man empfand ein neues mobiles Zahlungsverfahren als unkompliziert und vorteilhaft, Hacker nutzten dies aber schamlos aus. Angestellte wurden deswegen freigestellt, man hatte keinen Bedarf mehr für sie in der Verwaltung des Zahlungsverkehrs, aber die Anzahl der EU-Bewohner stieg ständig an.

Im Laufe der Jahre wurde zunehmend ein elektronisches Zahlungsmittel (ePay) eingeführt. Jeder Geldtransfer lief über eine staatliche Zahlungsinstitution, die je nach Kontoart einen festgelegten Prozentsatz des Betrages einbehielt und an den Staat abführte. Dies war eine neue Art der unkomplizierten Steuerabgabe. Es existierten vier Kontoklassen mit folgenden Steuer-Abzügen: 0%, 10%, 25% und 35%. Der Zahler war verpflichtet - je nach Verwendung - auf das jeweils richtige Konto zu überweisen. Finanzbeamte wurden dadurch entlastet und wegen Reduzierung der fiskalischen Administration entlassen, es entstand mehr Transparenz. Alles wurde nachvollziehbar und gläsern.

Steuererklärungen gab es nicht mehr, x% von jedem Geldtransfer wurden für den Staat einbehalten, zum Beispiel 0% für privat, 10% für Rente, 25% für Kauf, 35% für Entlohnung. Der Beruf des Steuerberaters und Wirtschaftsprüfers wurde nicht mehr in dieser Weise benötigt. Die fiskalischen Abläufe wurden vereinfacht und Beamte wurden freigestellt.

Der Zeit angepasst entstanden neue Geschäftsfelder, es entwickelte sich eine bedingte Beruhigung am Arbeitsmarkt.

Verstärkter Zuzug aus Afrika und aus islamischen Ländern belasteten die Staatsfinanzen. Das Empfinden der sozialen Ungerechtigkeiten stieg enorm. Grund war, dass soziale Gelder für Zugereiste und unproduktive Menschen bezahlt wurden und nicht an die notleidenden Einheimischen. Unqualifizierte Menschen ersetzten qualifizierte, weil dadurch Kosten gespart wurden: die Arbeitsqualität sank dadurch.

Die Anteile an Unternehmen existierten weiter in Aktienform. Gewinne und Verluste wurden dem Anteilseigner direkt auf sein Kontensystem vergütet oder belastet. Gewinne wurden auf eine entsprechende Kontoart des Aktionärs transferiert. Die Transparenz stieg und „Geldtransaktionen" wurden binnen Sekunden durchgeführt.

Die Arbeitswelt hatte sich im Vergleich zu 2000 wesentlich geändert. Anstellungsverträge wurden nur noch sehr kurzfristig abgeschlossen. Dienstreisen wurden durch Online-Sitzungen ersetzt und es entstand immer mehr Home-Office. Die Entlohnung wurde in 10 Gruppen unterteilt. Gruppe 1 waren die, die am geringsten verdienten und 10 die am höchsten entlohnt wurden. Wechsel innerhalb der Gruppen nach oben oder unten waren auf Grund von konjunkturellen Situationen und Leistungsfähigkeit der Mitarbeiter möglich. Die Nachfrage nach Büroimmobilien ließ nach, die Anzahl der Mitarbeiter in Lohn- und Gehaltsabteilungen wurden drastisch reduziert. So konnte auch eine Reduzierung der personellen Administration beim Fiskus, Staat und Unternehmen festgestellt werden. Es rollte wegen anderen Arbeitsmethoden eine Welle der Freistellungen von Arbeitnehmern an.

Weitere Demonstrationen und Revolten wurden wegen Wirtschaft und Religion verzeichnet, der Islam übernahm Schaltstellen in der Wirtschaft. Es folgte eine steigende Unproduktivität, Produktionsaussetzer und Leistungsminderung. Die Bedeutung der Leistungsträger in der Wirtschaft wurde wegen islamischem Führungsstil reduziert.

Ein weiterer Bürgerkrieg der EU-Staaten wurde durch die wirtschaftliche Situation und die Religionsausübung entfacht.

Später erfolgte eine weitere Veränderung der bisher chaotischen Arbeitswelt (Neuanfang) durch eine weitestgehende Normalisierung der wirtschaftlichen Aktivitäten. Das Ergebnis war eine leichte Erholung der Wirtschaft, die Grundversorgung war relativ gesichert.

Demokratische Wahlen wurden durch manipulierbare Online-Abstimmungen ersetzt, das Volk stimmte ab. Der vorwiegend islamische Einwanderer aus Afrika und dem Nahen Osten, der kein Deutsch sprach, hatte ebenso eine Stimme wie der Nachkomme eines Alteuropäers. Es wurde das gewählt, was dem Wähler den meisten Vorteil brachte, ohne Beachtung der Gesamtwirtschaftslage, das Volk wählte sein eigenes Schicksal!

Ein Kometeneinschlag in der Hudson Bay erschütterte die Weltordnung. Deswegen entstand ein Teil-Zerfall der Volkswirtschaften am Rande des Atlantiks bis tief ins Inland. Navigationsgeräte und Versorgung funktionierten sehr eingeschränkt, es wurde Hilfe aus Asien erwartet.

Versuche des wirtschaftlichen Aufbaus konnten teilweise realisiert werden, der Islam versuchte sich weiter als treibende Kraft. Dies war ein schwerer Anlauf, da zu wenig wirtschaftliche Erfahrung und Differenzierung zwischen Staat und Religion vorlag.

Asien entwickelte sich zu einer prosperierenden Volkswirtschaft, dadurch entstand eine Stärkung des asiatischen Binnenmarktes mit immer stärker werdendem Export.

Die Neigung, wenn sich die Möglichkeit bot, Korruption zu betreiben veränderte sich in den vielen Jahren nicht: Die Staatengemeinschaften versuchten dies ohne durchgreifenden Erfolg zu verhindern.

Länder und Bevölkerungsgruppen schlossen sich zusammen. Zwangszusammenschlüsse brachten Konflikte. Da aber immer noch

Folgen des Kometeneinschlages zu spüren waren, fielen Zusammenschlüsse leichter - man versuchte an einem Strang zu zeihen.

Bis auf kleine Länder wurde die Erde quasi zu einem Land mit einer Regierung und einem Wirtschaftsgefüge. Wegen der Vielschichtigkeit und Komplexibilität war diese Wirtschaftspolitik fast nicht in den Griff zu bekommen. Teilstaaten waren fast nicht regierbar. Entscheidungen dauerten viel zu lange, Überbürokratisierung und starke Neigung zu einer unproduktiven Planwirtschaft mit kommunistischen Zügen war die Folge.

Planwirtschaft setzte sich wegen der hohen Komplexibilität nicht durch. So entstanden hohe Reibungsverluste und Reduzierung der Eigeninitiativen.

Die Produktivität der Teil-Volkswirtschaften unterlag wegen unterschiedlicher politischer, religiöser, fiskalischer und wirtschaftlicher Einflüsse einem ständigen Auf und Ab.

Die eingeführte Planwirtschaft zeigte sich als unproduktiv, Menschen wurden im Durchschnitt weit über 100 Jahre alt, konnten aber nur produktiv bis etwa zum 70. Lebensjahr arbeiten. Der Lebensstandard aller Bürger im ehemaligen Europa stieg teilweise nur sehr langsam wieder an, erreichte bei Weitem jedoch nicht den Stand vom Jahre 2000.

Politik, Regierung, Demokratie

Bis Anfang des zweiundzwanzigsten Jahrhunderts wurden zu verschiedenen Zeiten unterschiedliche Staatsformen gelebt. Es zeigte sich, dass in einem zivilisierten, gebildeten und teambezogenen Volk die Demokratie die beste und friedlichste Form des Zusammenlebens war. *Fehlt es aber an diesen Eigenschaften, dann nützt Demokratie nicht viel, eine Demokratie ist angreifbar.* Europa und besonders das ehemalige Deutschland wurden durch extrem hohe Einwanderung stark verwässert. Das Ursprüngliche und fleißig Erarbeitete verlor an Bedeutung. Dies brachte sehr viele Unruhen bis zu weiteren Bürgerkriegen in die Bevölkerung. Das Ursprüngliche und das Erarbeitete waren schlicht verloren! Das Aufrechterhalten der demokratischen Ideen brachte keinerlei Friede und Ruhe. Die staatlichen Organe mussten härter und schneller durchgreifen, bis hin zu einem totalitären Charakter, ähnlich wie im Jahre 2000 in diktatorischen und unterentwickelten Staaten. Demokratie schien nicht die Lösung für alle Staaten und Bevölkerungsgruppen zu sein. Wer es nicht gewohnt war, die moralisch und ethisch saubere Meinung anderer zu akzeptieren, konnte mit Demokratie nichts anfangen.

Bezogen auf Deutschland beharrte man zu lange auf dem Grundgesetz. Die gesamte Entwicklung von Volk, Technik und Politik wurde immer rasanter. Hier hätte man früher die Rechtsprechung anpassen müssen. Es wurde auch zu viel

Verständnis für Neubürger aufgebracht, die teilweise mit Faustrecht ihren Anteil am Kuchen sichern wollten.

In schwierigen Verhandlungen ist es oft dem Ziel zuträglich einen Schritt zur Seite oder nach hinten zu gehen, ohne das angestrebte Ziel aus den Augen zu verlieren. Deutschland behandelte den Begriff der Freiheit zu lange als Konstante und überdehnte ihn sogar noch in wohlgemeinter Toleranz. Dies wurde insbesondere von chaotischen und anarchistischen Randgruppen sowie von vielen Zugereisten falsch verstanden. Deutschland stellte sich im Ausland dar, als wenn hier automatisch Milch und Honig flössen und einem die Trauben in den Mund fielen. Vor diesem Hintergrund hätte man einem großen Teil der Asylanten Verständnis entgegen bringen können, wenn die Sache nicht so ernst gewesen wäre. Von den genannten Gruppen wurde nicht verstanden, dass vor der Ernte das Aussäen und die Bearbeitung des Bodens erforderlich sind. Leider glaubten diese Problemfälle, es stehe ihnen etwas zu, ohne dafür etwas tun zu müssen. Fleiß und mehr Wohlstand wurden mit Angriff und Neid beantwortet.

So zeigte es sich als fataler Fehler, dass insbesondere das damalige Deutschland den eingeladenen Asylanten nicht klar machte, dass sie eine Leistung erbringen müssen, um etwas zu bekommen. Deutschland war ein Schenker-Staat, es verhielt sich wie der Weihnachtsmann, den es bekanntlich nicht gibt. *Wenn sich jemand - und dies geht sehr schnell - immer mehr an Geschenke gewöhnt, wird er fordern und mehr fordern.* Das Multikulti-Leben im ehemaligen Deutschland scheiterte, ein selbstgemachtes Hausproblem und unfair den folgenden Generationen gegenüber. Was dachte sich damals die Politik nur dabei? Ein Grund ist die mangelnde Zivilcourage: Wenn ein Politiker damals gegen den Strom schwamm, auch wenn er sachlich und intelligent argumentierte, so wurde er von der Masse zerrissen. Die Masse setzte sich zusammen aus den Medien, dem Volk und den Politikern. Darum versuchte die Politik Stellung zu beziehen, die der Massenmeinung schmeichelte, soweit dies möglich war und dies war fatal.

Eine gute soziale Grundlage der Alteuropäer war das Vertrauen zu anderen Menschen, zu Entwicklungen und zu Entscheidungen. Das Einwandern nach Deutschland ging mit vielen Lügen von Seiten der Einwanderer einher. Es wurde bezüglich Ausbildung und Herkunft gelogen, um sich im Aufnahmeland besser zu stellen - menschlich - aber unfair Europa gegenüber. Man ließ dies alles gewähren, es zeigte sich fast wie ein nicht steuerbarer Selbstläufer. Vertrauen war im alten Europa mit ein Faktor, der für Wohlstand sorgte. *Man kann sich nicht bei jedem kleinen Sachverhalt rückversichern, man muss einer Zusage vertrauen können.* Natürlich war dies nicht immer so, es ging hier um den dichtesten Wert.

Wie schon erwähnt haben sich durch die jahrzehntelange Invasion nach Europa schlechtere Sozialmoral, schlechtere Arbeitsmoral und schlechtere Umgangsformen eingebürgert. Diese Verrohung, die sich als ein deutlicher volkswirtschaftlicher und menschlicher Rückschritt erwies, wirkte wie das Bewegen eines Autos mit ständig angezogener Handbremse. Übertriebene soziale Triebe wie Neid, Machtsucht und Gier ließen kein anhaltend fortschrittliches Arbeiten zu.

Ähnlich verhielt es sich mit dem Übernehmen von Verantwortung: Individuelle und intelligente Verantwortung musste zu Gunsten emotionaler Massenmeinungen weichen. Auch hier konnte von Ausbremsen gesprochen werden.

In den Folgejahren nach 2000 wurde der Begriff Globalisierung immer öfter in den Medien besprochen. Die Menschen waren wie berauscht von der Globalisierung. Innerhalb von zehn Jahren wurde dieser Begriff als ein unbedingt zu erreichendes Ziel angestrebt. *Seit Fauna und auch Flora auf diesem Erdball entstanden gibt es Reviere. Wir reden auch von Rudel- oder Schwarmtieren, die im Verbund Grenzen setzen. Ich möchte keinem Löwen oder Tiger begegnen, der sein Revier klar markiert hat. Das ist nichts weiter als das Ignorieren einer Millionen Jahre alte Natur! Die EU - Grundidee ist gut, braucht aber viele Generationen, um sie zu realisieren und geht nicht im Hau-Ruck-Verfahren.* Die Probleme waren damals vorprogrammiert. Die EU wurde gegründet, ohne echte Grenzen und Kontrollen. Damals hätte man vermuten können, hier wollten Politiker europäische Länder verunsichern. Europa wurde im Laufe der Zeitbetrachtung destabilisiert.

Oft bedarf es nur eines Tropfens, um einen Eimer zum Überlaufen zu bringen. So braucht es nur eine kleine emotional geladene

Situation, um ein Scharmützel oder einen Krieg zu provozieren. So geschah es einige Male. Einmal waren es Gruppen unterschiedlicher politischer Einstellung, dann waren es extreme Chaoten oder einfach hirnlose Randalierer oder Menschen mit anderer moralischer Herkunft. Der Staat wurde diesen Ausschreitungen immer weniger Herr, da auch er selbst von eben diesen Menschen, wenn auch nur wenig, infiltriert war. Der ursprüngliche Gedanke, die Menschheit oder lediglich einen Teil der Menschheit mit Toleranz zu befrieden scheiterte bitterlich. *Der Mensch verträgt eben nur ein gewisses Maß an Freiheit, mehr oder weniger.* Ein wiederholter Versuch, die Kinder antiautoritär zu erziehen wurde auch als gescheitert verworfen. Diese Kinder waren es nicht gewöhnt, sich in einem sozialen Sturm zu bewegen, sie scheiterten teilweise am Gegenwind, der ihnen entgegen gebracht wurde. *Heute würde man sie Weicheier nennen.*

Sinnvoll erarbeitete soziale und technische Standards wurden teilweise nicht mehr eingehalten oder verworfen. Dies führte zum Qualitätsrückgang, nicht nur in der Fertigung, sondern auch im Umgang mit Menschen. *Es ist kein Weicheigetue, wenn man sich überzeugt der Worte „danke" und „bitte" bedient. Dies ist ein Standard der unser Gegenüber zu einer wohlmeinenden Einstellung führt. „Schraubendreher" ist ein Wort, aber keine Aufforderung ihn mir zu geben. „Gibst Du mir bitte den Schraubendreher?" kommt allemal besser an.* Das Unhöfliche wurde zum Standard und Standards sind Regeln. *Sie haben sich auf Grund von Erfahrung durchgesetzt. Wird die Verkehrsregel „rechts vor links" im Autoverkehr ignoriert, dann kracht es.*

Ganz entscheidend zur Steigerung der Bevölkerungsanzahl hat der Familiennachzug aus Afrika beigetragen. Wenn ein Afrikaner zunächst alleine kam und in Europa die Lage eruierte, kamen später Frau und vier Kinder nach. Dies versuchte man wegen invasionsähnlichen Zuständen im alten Europa mit Hilfe zu spät errichteter Grenzen zu verhindern. Die Massen überrannten die Grenzen, durchaus mit Verlusten. Bei der Gründung der EU vergaß man, dass es Grenzen gab. Als die EU existierte überließ man das grenzenlose Europa sich selbst, um dann Jahre später wieder Grenzen einzuführen, ohne Erfolg, denn es war inzwischen zu spät.

Die EU, wie sie einmal gegründet wurde, existierte nicht mehr. Durch die Invasionen und die sehr unterschiedliche selbstbestimmende Verteilung der Menschen wurden die EU-Staaten immer skeptischer untereinander. Dies und die Bürgerkriege führten dann dazu, dass der Staatenbund EU zerfiel. Anstelle dessen bildeten sich eigenständige Regionen mit mehr oder weniger autonomer Politik. Einige wenige Regionen fielen in den Charakter von Schurkenstaaten zurück, mit eigenen unprofessionellen Gerichtsbarkeiten. Geurteilt wurde in einigen Regionen sofort, es genügten oft nur anderer politischer Ansichten zu sein und man wurde verunglimpft.

Am Ende unseres Betrachtungszeitraumes gab es kein privates Vermögen mehr, so wie man es aus dem Jahr 2000 kannte. Anstelle dessen wurden nach einer Art Punktesystem Rechte erworben „Eigentum" zu nutzen.

Da die Politik nicht wie 2000 im Wesentlichen homogen war, setzten sich nun die Politiker aus Menschen unterschiedlichster Herkunft zusammen. Das machte das politische Führen extrem schwierig. Nicht nur Worte, wie im Jahr 2000, sondern auch Fäuste galten als Argumente. Die Politik verwaltete das „Vermögen" anderer Menschen, nicht ohne eigene Absichten. Lügen und falsche Darstellungen trugen dazu bei, dass sich ein erheblicher Teil der Politiker selbst bereicherte, nicht in Form von Geld oder anderem „Vermögen", sondern mit Rechten. Es wurden Enklaven geschaffen mit höchstem Luxus, für die besagten Politiker. Kein normaler Bürger hatte hier Zugang.

Da aber für einige weitblickende und individuell denkenden Menschen die zukünftigen Ereignisse zu erahnen waren, handelte es sich hier um Weitblick mit Warnung und nicht um Rassismus oder Fremdenfeindlichkeit. Dies wurde auch 2000 nicht genügend unterschieden. Man ergötzte sich an der Droge des Gutmenschentums. Dies war genauso falsch wie der echte Rassismus.

Diskussionen und Debatten mit ehrlicher Meinung wurden sehr wenig geführt. Die Bevölkerung war von Spitzeln unterwandert, deren Identität unbekannt war. Politisch nicht gewollte Äußerungen wurden genauso gehandhabt wie damals in der DDR. Ein freies Handeln und Äußern war nur mit folgenden Konsequenzen möglich.

Dem Volk wurden regelrecht Meinungen aufgedrückt. *Es gilt: Betet man dem Menschen dreimal etwas vor, so nimmt er es als seine Meinung an.* *Wie schon erwähnt: Das „Denken" wurde der Masse als Selbstläufer überlassen.* *Individuelles Denken war nicht gewünscht.*

Von rechtsfreien Räumen bis zu strukturierten Regionen reichte das politische Spektrum im Betrachtungszeitraum. Es gab keine Parteien mehr, so wie man es von früheren Zeiten kannte, sondern Interessengruppen. Diese rekrutierten sich durch Einfluss und Macht. Wahlen waren nur dazu da um das Volk zu beruhigen, Auswirkungen hatten sie nicht. Diese politische Form hatte von allen bis zum Jahr 2000 bekannten Staatsformen etwas, und dennoch war sie völlig neu, in vielen Teilen gepaart mit Chaos.

In den unterschiedlichen Regionen bildeten sich unterschiedliche soziale, politische und wirtschaftliche Strukturen. Das Miteinander und das Zusammenarbeiten reichten von gut bis unmöglich. So wurde auch in einigen Regionen, meist mit schwierigen Gruppierungen, „Eigentum" reglementiert. Dadurch war der Anreiz zu Leistung und Wohlstand ausgebremst. Es war teilweise ein Teufelskreis, aus dem es kein Entrinnen gab. Diese Gruppierungen blieben auf ihrem Niveau und schielten immer zu den Nachbarregionen mit mehr Wohlstand. Die Gier nach mehr erzeugten wiederholt bürgerkriegsähnliche Zustände. Politisch wie menschlich war dies eine extrem schwierige Lage, die nur in den seltensten Fällen zur Befriedung führte. Sehr traurige Zustände, vergleicht man dies mit den Zeiten um das Jahr 2000.

Ein Rentensystem, so wie in 2000, gab es in dieser Form nicht mehr. Man versuchte in den zivilisierteren Regionen ein Kontensystem für jeden Bürger ab der Geburt einzurichten. Diesen Konten wurden eine Art Rentenpunkte zugeschrieben, abhängig von Ausbildungs- und Berufszeit. Ausbildung und Beruf wurden in je zehn Leistungskategorien unterteilt und dementsprechend Punkte zugeordnet. So bekam eine Reinigungsfachkraft einen Punkt und der promovierte Ingenieur acht Punkte auf dem „Rentenkonto" gutgeschrieben, und dies pro einer festgelegten Zeiteinheit, sowie einbehalten Steuern. Ein großes Problem war der Zuzug von Menschen, die keine Punkte auf dem „Rentenkonto" sammeln konnten. Es wurden Stimmen laut wie: „Wir sind fleißig und arbeiten und Die kommen hierher und bekommen alles geschenkt." Dies war in der Tat eine soziale Ungerechtigkeit. Die Zugezogenen bekamen auch ein Konto dieser Art, sammelten aber viel später erst und weniger Punkte. Das Ergebnis war ein extremer Wohlstandsunterschied im Alter. Dies wiederum führte zu deutlichen sozialen Unruhen. Da die Menschen durch die medizinischen Fortschritte immer älter wurden, musste man den Renteneintritt höher schrauben. Der Mensch hat aber im Alter relativ an Leistungsfähigkeit verloren, so dass er im höheren Berufsalter weniger Punkte sammeln konnte. Der Aufwand für die medizinische

Versorgung stieg eklatant an. All dies musste finanziert werden, was sich als Monsteraufgabe für die Politik darstellte.

Die Regierungen in den jeweiligen Regionen zeigten sich so unterschiedlich wie im Jahr 2000 Deutschland zu Somalia. Die verbliebenen intellektuellen Individualisten, die sich nicht von der Masse beeinflussen ließen, führten den Rückgang der sozialen Qualität auf den ungehinderten Zuzug aus Afrika zurück, weil die EU nach der Gründung nicht verstand, Reviere als Naturgesetz anzuerkennen. *Grenzen definieren Reviere und dienen dem Schutz. Wenn jemand, Mensch oder Tier, das Revier wechseln möchte, so wird von dem Platzhirsch bestimmt wer rein darf und wer nicht. Man baut ja auch Schutzdämme vor Fluten an der Küste. Diese Denkweise hat nichts mit Unmenschlichkeit zu tun; unmenschlich wird es, wenn Menschen fast anarchisch Grenzen überschreiten.* Kurzfristig entstand die menschliche Regung des Mitgefühls und des Mitleides. Mittel- und langfristig konnten die beschriebenen Situationen entstehen, die nicht mehr rückgängig zu machen waren. Bis Anfang des zweiundzwanzigsten Jahrhunderts war keine Regierung mehr im Stande, diese Fluten an Zuwanderung zu stoppen, geschweige denn zu reduzieren. *Wer den Damm offen lässt muss damit rechnen, dass die Sturmflut die Häuser hinter dem Damm wegspült. Der Kluge repariert den Damm und prüft ihn auf Schwachstellen. Auf die Glaubhaftigkeit der Zugereisten wurde bereits hingewiesen, auf die Naivität der Aufnehmenden auch.*

In einigen Regionen mit verbliebenem Sinn für die Bevölkerung waren wegen der finanziellen (Punkte dienten zur Finanzierung) Lage die Grundnahrungsmittel kostenlos zu erwerben. Dies verhinderte tiefgreifende soziale Auseinandersetzungen. In Afrika erhöhte sich die Anzahl der Bevölkerung immer weiter. Sterbefälle durch Hunger waren dort an der Tagesordnung.

Die Institutionen der Familie und der Ehe veränderten sich in einigen Regionen grundlegend: Kinder wurden dort rein synthetisch gezeugt. Dafür gab es Eier- und Samenbanken. Jede Frau und jeder Mann bekam auf seinem „Rentenkonto" Punkte gutgeschrieben, wenn Ei und Samen gespendet wurden. Dies wurde in 50 Prozent der Regionen ähnlich gehandhabt. Der eigentliche „Zeugungsvorgang" erfolgte synthetisch und anonym, im „Reagenzglas". Eine Zuordnung zu Vater und Mutter war bei diesem Verfahren nicht mehr möglich. Der Staat übernahm das Heranziehen der Kinder und hatte somit maximalen Einfluss auf die Entwicklung. Eine Form von Ehe war bzgl. der Fortpflanzung nicht mehr erforderlich, obwohl immer noch die Zuneigung von Mann und Frau bestand. Jeder Mensch hatte die Wahl, wen er sich zu seinem temporären Lebensgefährten wählte. Diese Toleranz reichte, bis zur Perversion einer Lebensgemeinschaft von Mensch und Tier, hervorgebracht durch den Islam. Von der Wissenschaft wurden nach vielen Test-Jahren die medizinische Möglichkeit geschaffen, die Geschlechter – männlich und weiblich - anzugleichen. *Eine Schnecke hat zwei Geschlechter, dies war das wissenschaftliche und politische Ziel.*

Die uns bekannten Feiertage, insbesondere die christlichen, wurden in den meisten Regionen abgeschafft. Anstelle dieser Traditionen traten islamische Tage der Besinnung, da der muslimische Bevölkerungsanteil inzwischen über 50 Prozent betrug. Wenn man im Jahr 2000 - insbesondere in Deutschland - feststellen konnte, dass die Bevölkerung zufrieden mit ihrem Leben war und keinerlei existenzielle Probleme zu befürchten hatte, dann stellte sich dies am Ende unseres Betrachtungszeitraumes (Anfang des 22. Jahrhunderts) völlig anders dar. Unzufriedenheit war durchgängig bei allen Bevölkerungsschichten festzustellen. Dies hatte auf den Konsum von Drogen und Alkohol große Auswirkung. Wenn 2000 der Durchschnittsdeutsche eine Einheit Drogen oder Alkohol pro Tag zu sich nahm, so waren es am Ende des einundzwanzigsten Jahrhunderts zehn Einheiten. Eine fatale Situation, die auch die Produktivität stark beeinflusste.

Polizei und Gerichte stellten eine Einheit dar. Die Strafgesetze wurden deutlich zu 2000 gekürzt und die Verfahren bis zur Verurteilung zeitlich reduziert. Der Kriminelle wurde nach seiner Tat relativ schnell verurteilt, damit der Bezug von Tat zur Strafe klar wurde. Dies wünschte man sich auch 2000. Aber im Verlauf der Jahrzehnte war keine Zeit mehr für das gründliche Aufklären der Tat. Juristische Ungerechtigkeiten waren an der Tagesordnung und sorgten immer wieder für Revolten.

Staatliche Einrichtungen kümmerten sich um das Heranwachsen der Kinder und Jugendlichen, mit mehr oder weniger sozial positivem Erfolg. Die Politik nahm in den meisten Regionen sehr großen Einfluss auf die Erziehung junger Menschen. Das wiederum machte es der Politik leichter, Ideen und Entscheidungen durchzusetzen.

Nach 2000 versuchte man, der afrikanischen Bevölkerung in Afrika mit Geld und Unterstützung in Medizin und Technik zu helfen. Es stellte sich heraus, dass diese Hilfen menschlich gut gemeint waren, aber nur kurzfristig wirken konnten. Den Menschen wurde nicht genügend klar gemacht, dass die beste Hilfe, die Hilfe zur Selbsthilfe ist. Es wurde auch versäumt, das Bevölkerungswachstum einzudämmen. Man gab immer mehr und Afrika vermehrte sich weiter. Mittel- und langfristig wurde dies zu einer Katastrophe.

Schulden konnten in einigen Regionen nicht mehr gemacht werden. Aber wer sich etwas gönnen wollte, konnte sich Punkte auf dem Lebenskonto (eine weitere Form neben dem „Rentenkonto") abziehen lassen. Über dieses Lebenskonto, auf das die Vergütung für z.B. Arbeit in Form von Punkten gut geschrieben wurde, konnte frei verfügt werden - in Form von Abgängen und Zugängen.

In der Mitte des einundzwanzigsten Jahrhundert richteten einige Regionen hoch abgesicherte Grenzen für das eigene Überleben ein. Wer Zugang zu dieser Region haben wollte, musste nachweisbare Identitäten vorweisen, Toleranz gab es dabei nicht mehr. Die Einreiserichtlinien waren mit die härtesten Gesetze einiger Regionen. Gebiete, die nicht so handelten, wurden von weiteren Einwanderern überrollt und es funktionierte nichts mehr. Mord und Totschlag war die Folge. *Wer hungert überschreitet die moralischen Grenzen, dies ist Mensch und Tier zugleich eigen.*

Man könnte die Regionen auch als eine Art von Ghettos bezeichnen, die sich politisch, moralisch und wirtschaftlich stark unterschieden. Die mit der damals höchsten Moral hatten den größten Wohlstand, *soweit man dies mit heutigen Maßstäben vergleichen kann.*

Es gab immer noch Menschen, die der Realität ihrer Situation nicht zugetan waren. Dies waren Menschen, die es gut meinten und immer noch glaubten, dass alles in Ordnung sei. Diese Charaktere blendeten negative Fakten und menschliche Eigenarten einfach aus und zeigten keinen besonderen Mut, sich dem Leben zu stellen. Auch diese Ausblender hatten ein politisches Gewicht und eine Bedeutung. Auch wenn die Gutmenschen sich in ihren Vorstellungen und Phantasien eine Art Wohlgefühl verschafften, so war es der Gesamtsituation nicht zuträglich. Politische und auch vernünftige Entscheidungen wurden dadurch erschwert. *Der Mensch ist nicht gut und der Mensch ist nicht schlecht, er ist beides in unterschiedlicher Ausprägung.* Im Jahr 2000 und in den Folgejahrzehnten wurden dem Gutmenschen die neuen Realitäten vor Augen gehalten: Gerichte, die oberflächlicher richteten, weniger Intensivkontrollen an Flughäfen und den daraus resultierenden Konsequenzen.

Wenn man unser Freiheitsgefühl im Jahr 2000 zu Grunde legte, so hatte dies am Ende unserer Betrachtung keinerlei Bedeutung mehr. Die Meinung des Volkes wurde lanciert und das „Denken" der Masse – aber nicht dem Individuum - überlassen. Der Bewegungsspielraum wurde unbemerkt langsam verkleinert. Eigenverantwortung war kein praktiziertes Thema mehr. Auch dies sind Gründe für sinkende Produktivität und damit abnehmendem Wohlstand.

Die Art der Verurteilungen wurde schon angesprochen. Ein großer Teil des Strafmaßes aber richtete sich nach dem angesammelten „Lebenspunktesystem". Das Urteil bestand aus einem Prozentsatz, z.B. 5 Prozent. Dies bedeutete in der damaligen Praxis, dass dem Verurteilten 5 Prozent seiner Punkte entzogen wurden. Bei Verbrechen, die den Aufenthalt in einer staatlichen Förderstation (Gefängnis) nach sich zogen, wurden zusätzlich Punkte abgezogen. Diese Punkte entsprachen dem Aufwand für den Aufenthalt in Haftanstalten. Der Verurteilte wurde somit an den Kosten seiner Haft beteiligt.

Der Versuch Deutschland und die EU auf neue Beine zu stellen misslang. Durch den Ansturm so vieler Menschen und den dominierenden Einfluss des Islam bildeten sich neue Strukturen, die mit dem „Alten" wenig zu tun hatten. In wenigen Jahrzehnten entwickelte sich aus einem Land mit Wohlstand und ausgewogenen sozialen Strukturen eine Mischung aus Chaos, staatlicher Religion und noch etwas verbleibender Leistungsfähigkeit.

Einige Regionen gaben dem Wähler - je nach Bildungsgrad - ein Stimmengewicht von eins bis fünf, andere teilten die Wählerschaft in drei Klassen ein. Ehrliche Wahlen gab es nicht. Es wurde manipuliert, ohne dass der Wähler nur die geringste Chance auf einen wahrhaftigen Wahlausgang bekam. Fehlinformationen und Falschmeldungen waren an der Tagesordnung, immer mit dem Ziel das Volk bei Laune zu halten.

In unserem Sinne wurden Politik, Polizei und Gerichte als feste Institutionen gesehen, obwohl dem Volke klar war, dass viele Urteile, bedingt durch die schnelle Urteilsfindung, als suspekt einzustufen waren. Proteste und Demonstrationen wurden deswegen unterwandert und auch unterbunden.

In den meisten Regionen hatte jeder Mensch das Recht auf kostenlose Grundnahrungsmittel. Dennoch konnte man auch hier von Armut sprechen. Arm waren die, die ihre Punkte in den unterschiedlichsten Systemen nicht oder nur gering anhäufen konnten. Hierzu gehörten beispielsweise zugereiste Afrikaner, die keine Chance hatten sich voll zu integrieren. Die Krisenländer ließen ihr Volk auswandern, ohne entschieden dagegen etwas zu tun. Diese Länder bluteten aus, die Lebensbedingungen wurden immer schlimmer.

Insgesamt, wie schon berichtet, war das Niveau vertrauensbildender Maßnahmen sehr, sehr gering. Die Kontrollmechanismen waren einfach zu hoch, um freiheitlich und in Vertrauen miteinander zu leben. In einigen Bereichen ging dies so weit, dass Menschen Mitbürger bespitzelten.

Der Fiskus wurde administrativ stark vereinfacht und Zölle wieder eingeführt. Wer bei der staatlichen Finanzbehörde personell eingespart wurde, konnte beim Zoll eine neue Funktion finden. Zölle wurden teilweise nicht nach klaren Regeln erhoben, sondern situations- und gegenstandsabhängig, heute so und morgen anders. Dies sorgte im Grenzverkehr der Güter für hohe Unsicherheit, Preise waren nicht mehr seriös zu kalkulieren.

Presse, Medien und Journalismus bekamen eine völlig andere Bedeutung: 50 Prozent wurden vom Staat, sprich von den politischen Interessen gesteuert. Meldungen, die das Staatsbewusstsein störten, wurden zensiert und der Autor zur Rechenschaft gezogen und auch verurteilt.

In der Arbeitswelt gab es Gewerkschaften, aber nicht in der bekannten Art des Jahres 2000. Ein sogenanntes Ministerium für Arbeit war für die gesamte Arbeitswelt verantwortlich. Es organisierte zur Beruhigung der arbeitenden Bevölkerung gesteuerte Demonstrationen. Diese Maßnahmen zeigten die eindeutigen Eigenschaften einer klaren Planwirtschaft. Menschen hatten die Möglichkeit, sich in Vereinen zu organisieren. Der Vereinsvorsitz wurde immer mit einem Staatsbeamten besetzt. Auch hier war freiheitliches Denken und Äußern nicht so einfach möglich. Der Mensch wurde gläsern und extrem kontrollierbar. Es entwickelten sich frühkommunistische Züge.

Durch den Zuzug zeigte sich sehr schnell ein großes Problem: die sprachliche Verständigung. Deutsch, Italienisch oder Französisch wurden zwar noch gesprochen - allerdings in der Minderheit. Es setzten sich arabische und türkische Sprachalternativen durch. Man war sich bewusst, dass man sich einer gemeinsamen verständlichen Sprache bedienen muss, um die notwendigen Kommunikationen aufrechtzuerhalten. Im Laufe der Jahrzehnte bildete sich eine primitive Sprache mit Elementen aus englisch und arabisch aus. Schulisch wurde darauf keinen Wert gelegt, man sprach es, aber man wurde nicht auf Qualität geprüft.

Einige Regionen hatten den Anspruch auf Arktis und Antarktis erhoben, aber ohne die genügenden technischen und wirtschaftlichen Voraussetzungen dafür zu haben. Die noch verbliebenen europäischen, vor allem deutschen Ingenieure wurden von den meist arabisch dominierten Regionen anders behandelt als die übrigen Arbeitnehmer. Sie wurden schlecht behandelt, teilweise wie Leibeigene - nur um ein Leistungsniveau mit Druck zu erhalten.

Leider trugen Politik, Medien und eine selbstlaufende Massenmeinung dazu bei, dass insbesondere zur Flüchtlingsfrage faktisch richtige, realistische und solide Meinungen weggewischt oder sogar angegriffen wurden. Leider war es so, dass Kritik über Ausländer, Flüchtlinge und Asylanten und deren Handhabung sofort in die rechte Ecke gestellt wurden, sachliche Argumente fanden keinen Zugang. Man wurde sofort als Rassist und Nazi bezeichnet. *Dies ist eine Beleidigung in höchster Form und hat nichts mehr mit demokratischer Meinungsbildung zu tun. Dem Menschen wird*

dreimal etwas vorgebetet, dann nimmt er es als seine Meinung an -
gut sein ist das Primat.

Medizin und Pharma

Die digitale Medizin gewann immer mehr an Bedeutung. So war es ab etwa 2060 möglich, eine technische Grundausstattung für medizinische und zahnmedizinische Untersuchungen und Behandlungen privat anzuschaffen. Diese computergesteuerte Apparatur konnte autonom körperliche Probleme oder Gebrechen weitestgehend erkennen und therapieren. Beispielsweise wurde es möglich, durch das Einschieben einer anatomisch geformten Apparatur in den Mundraum in kürzester Zeit Zahnbehandlungen, wie z.B. kleine Füllungen, durchzuführen. Ebenso konnten die standardmäßigen Blut- und Kreislaufuntersuchungen automatisch vorgenommen werden. Wer es sich leisten konnte, schaffte sich eine kleine Operationseinrichtung an. Hiermit konnten kleinere Eingriffe sowie Darm- und Prostatauntersuchungen vorgenommen werden. Bei komplizierten Heilungsmethoden wurde online der dafür spezialisierte Arzt zugeschaltet. Wenn dies nicht zur Genesung beitrug, musste der Patient sich körperlich zum Arzt begeben, dies war in 30 Prozent der Fall. Insgesamt führte dieser medizinisch-technische Fortschritt zum Rückgang des Ärztebestandes.

Unter hohem politischem Druck wurde etwa 2050 das Chipen der Menschen durchgesetzt. Jedes Neugeborene in den Regionen des ehemaligen Europas wurde mit drei Chips versehen. Je ein Chip wurde hinter den Ohren implantiert - mit Verbindung zu diesem Sinnesorgan - und ein Chip wurde in die Nähe des Kehlkopfes eingepflanzt. Zum einen war der Mensch dadurch eindeutig identifizierbar, Ausweise waren nicht mehr erforderlich, und zum anderen war der Mensch überall auf dem Erdball lokalisierbar. Die Chips hinter den Ohren ersetzten, das was man in der Vergangenheit Handy nannte und ebenso auch Lautsprecher, man hörte über diese Chips. Der dritte Chip im Kehlkopf ersetzte u. A. ein Mikrophon. Alle drei Chips zusammen kommunizierten mit der Außenwelt und dienten dazu, den menschlichen Körper ständig auf seinen allgemeinen Gesundheitszustand zu überprüfen. Es waren beispielsweise keine Blutuntersuchungen mehr erforderlich, das übernahmen die Chips. Diese Methoden waren im Jahr 2000 undenkbar, brachten aber für uns am Ende unseres Betrachtungszeitraumes verständlicherweise den Vorteil, dass kriminelle Energien rasch lokalisiert werden konnten. Ein Bewegungsbild diente der Beweisfindung. Passwörter oder Zugangscodes waren nicht mehr erforderlich - noch nicht einmal der Finderabdruck, der lediglich in Zweifelsfällen genommen wurde.

Die gängige Praxis der Körperpflege durch Duschen oder Zähneputzen veränderte sich grundlegend, ebenso das Kochen mit Wasser. Das aufbereitete Grundwasser war durch chemische und pharmazeutische Rückstände nicht mehr als Trinkwasser verwertbar. Was übrig blieb, war der enorme Aufwand unter weltraumähnlichen Bedingungen das Wasser zu reinigen - ähnlich dem Destillieren. Das

Duschen wurde durch Substanzen, die auf Haut oder Zähne aufgetragen wurden, ersetzt. Dadurch wurden Schweiß und Unreinheiten aufgesaugt, sehr schnell getrocknet und dann abgebürstet. Lediglich zur Nahrungsaufnahme setzte man das mühsam aufbereitete Wasser ein. Um das kostbar gewordene Element entstanden auf dem Erdball Scharmützel, die dem Sieger wenig nützten, wenn er die Aufbereitungstechnik nicht kannte.

Es wurde eine extrem teure Methode entwickelt, Menschen oder lebende Organismen einzufrieren. Dieses Verfahren wurde angewandt, wenn z.B. eine unheilbare oder tödliche Diagnose gestellt wurde - in der Hoffnung zu einem späteren Zeitpunkt Hilfe zu erwarten. Diese Technik wurde verfeinert und aus völlig anderen Gründen weiterentwickelt. Die Politik und die Staaten versuchten die kreative Intelligenz - wie Entwickler und Ingenieure - zu konservieren. Hier aber in der Hoffnung, dass bald eine Möglichkeit erfunden würde, um Gehirne und ganze Nervensysteme zu transplantieren.

Zu einem großen Problem war die Bewegungsmöglichkeit der Menschen geworden. Durch die extreme Überbevölkerung im ehemaligen Europa - besonders in Deutschland - mussten freie unbebaute Flächen für Wohnraum herhalten. Der Verkehr hatte so extrem zugenommen, dass für das, was wir als sportliche Ertüchtigung im Freien bezeichneten, keinerlei Spielraum mehr war. Wer wollte - dies wurde gefördert - konnte im Fitnessstudio trainieren. Olympia gab es nicht mehr.

Die synthetische Kinderzeugung wurde dem Staat überlassen. Hierbei wurde versucht, obwohl es eigentlich verpönt war, eine Art Elite zu schaffen. Leistungsfähige und intelligente Menschen wurden ausgesucht und von diesen Eizellen und Samen zusammengebracht.

Die Regionen waren in Politik und sozialem Verhalten sehr unterschiedlich. Es konnte festgestellt werden, dass in den unterentwickelten, mit wenig Wohlstand gesegneten Bereichen, sehr oft Seuchen ausbrachen. Dieser Zustand war nicht auf die besser gestellten Gruppen zurückzuführen, sondern nur auf die weniger Bemittelten selbst. Denn sie schafften sich diesen Raum von zum Teil Anarchie und Chaos selbst und waren keinen vernünftigen Argumenten mehr zugänglich, um zu besserer Gesundheit oder Wohlstand zu gelangen.

Jeder Mensch wurde verpflichtet seine Organe nach dem Tode zu spenden. Dies war im Vergleich zum Jahr 2000 ein durchaus fortschrittlicher Zug. Da dies so festgelegt wurde, war in der Handhabung der Organspende fast keinerlei Schindluder oder Korruption entstanden.

Der Industriezweig der in all diesen vielen Jahrzehnten am meisten wuchs war die Pharmaindustrie. In allen Bereichen des Lebens wurden diese Produkte benötigt, nicht nur bei Krankheiten, sondern auch um die Leistungsfähigkeit zu erhalten. Dies war dann wiederum ein Eingriff in die Natur, der sich rächte. Leistungssteigernde Medikamente wirkten wie dopen. Ein beachtlicher Teil der Menschen war ab einem bestimmten Punkt nicht mehr in der Lage, die geforderte Leistung zu erbringen. Bei anderen Menschen zeigte sich die Einnahme der Medikamente als leistungssteigernd - ohne Ausfall.

Justiz, Kriminalität und Waffen

Vom Jahr 2000 bis zum Anfang des zweiundzwanzigsten Jahrhunderts änderte sich im Prinzip nichts an der Waffenproduktion. Die Technik entwickelte sich von durch Explosion getriebenen Geschossen bis hin zu lautlosen Laser- und Magnetresonanz-Waffen. Während man früher nur eine scharfe Waffe unter bestimmten Bedingungen besitzen durfte - als Jäger oder Mitglied eines Schützenvereins - so durfte nun jeder, der keine Strafpunkte besaß, eine Waffe seiner Wahl kaufen. Dies machte mehr Probleme in den weniger wohlhabenden und wenig geordneten Regionen. Sicherlich wurden in Bürgerkriegen diese Waffen eingesetzt. Dies wäre aber auch mit illegalen Waffen geschehen, und die standen zu Hauf zur Verfügung. *Warum diese Zubilligung legal gehandhabt wurde ist für uns in 2019 nicht nachvollziehbar.* Die gesamte kriminelle Energie stieg im Vergleich zu 2000 um ein Vielfaches an. Dies mag auch den Wunsch nach eigenen Waffen geschürt haben. Alle Schutzmechanismen für Haus, Beförderung und freie Bewegung waren extrem hoch. Fast jeder führte in diesen Zeiten eine Schusswaffe oder zumindest ein KO-Spray mit sich, und zwar deutlich sichtbar – wilder Westen. Die kriminellen Figuren waren zu Hauf auf dem Vormarsch. Es wurden sicherlich

Wertgegenstände gestohlen. Da das private Eigentum relativ gering war, erpresste der Kriminelle Punkte für Rente und Lebensführung, denn diese waren frei übertragbar. Ein verurteilter Täter wurde in verschiedener Hinsicht bestraft: Zum einen bekam er Strafpunkte *(ähnlich wie die uns bekannten in Flensburg),* die aber nicht nach einiger Zeit automatisch gelöscht wurden, zum anderen musste er den Aufenthalt im Gefängnis privat durch Punktabzug (aus seinem Lebenshaltungs-Topf) finanzieren. Seine Strafpunkte konnte er nur, was für diese Zeit beachtlich war, durch soziales Engagement reduzieren. Junge Täter wurden nicht anders als Erwachsene behandelt, Jugendstrafgerichte gab es nicht. Der Unterschied zwischen dem Kriminellen und einem Terroristen wurde vernachlässigt. Es war den Gerichten und den Gesetzen gleich, ob jemand aus Habgier oder Fanatismus zum Rechtsbrecher wurde. Die Gefängnisse wurden je nach Schwere des Vergehens in Abteilungen unterteilt, ebenso die Art der Behandlung. *Aus heutiger Sicht wurden Schwerverbrecher unmenschlich behandelt, man gab ihnen keine Chance zur Rehabilitation, weil dies nicht erwartet wurde.* Die Administration der Justiz und alle Gesetze wurden radikal auf das Notwendigste reduziert. Das, was nicht im Gesetz geregelt wurde, entschied der Richter. So wurden für dieselbe Tat unterschiedliche Urteile gesprochen und dies sehr schnell, wohlwissentlich, dass saubere Recherchen oft nicht vorlagen. Ein großer Unterschied zum Strafmaß im Jahr 2000 war die Tat und der Versuch zur Tat. 2000 wurde in der Vergabe des Strafmaßes unterschieden zwischen dem z.B. Mordversuch und dem durchgeführten Mord. Diese Unterscheidung gab es in unserer Zeitbetrachtung nicht mehr. Der Versuch einen Mord zu begehen wurde genauso bestraft wie der ausgeführte Mord. Die Motivation war die gleiche, mit dem Unterschied des Erfolges.

Eine Gerichtsverhandlung wurde anonym durchgeführt. Angeklagter, Verteidiger und Staatsanwaltschaft waren in einem Gerichtssaal ohne sichtbaren Richter untergebracht. Wegen zunehmender Repressalien gegen Richter musste man die Richter auf diese Art schützen. Sie waren in einem für die Anklage nicht sichtbaren Nebenraum untergebracht und kommunizierten mittels Mikrofon und Lautsprecher mit den Beteiligten.

In einigen Regionen wurden Verurteilte mit der gleichen Strafe belegt, wie ihre Tat: Einem Kriminellen, der wegen Körperverletzung verurteilt wurde, musste das gleiche erleiden wie sein Opfer. Ein Mörder wurde zum Tode verurteilt und ein Dieb musste das Diebesgut zurückgeben und gleiches noch einmal aus seinem „Vermögen" dazu geben.

Übertriebene Rechtsansprüche zum Schutze der Verbraucher wurden zum Teil abgeschafft. Anbieter und Kunde trugen immer zu gleichen Teilen das Risiko.

Um 2000 gehörten die Gefängnisse in Madagaskar und auch Afrika zu den unmenschlichsten und unzivilisiertesten Vollzugsjustizanstalten. Die meisten westlichen Menschen nahmen dies einfach nur zur Kenntnis und vergaßen es nach einigen

Sekunden wieder, es berührte sie nicht weiter. Zeigte man ihnen aber die Bilder, die in den Medien so gut wie nie zu sehen waren, brach Erschütterung und Abwendung aus. Man wollte diese Grausamkeiten nicht sehen, man wollte nichts damit zu tun haben. Und genau dies war das Problem des wohlstandsgewohnten und satten Westlers, er blendete aus, er wollte nur das Gute hören und sehen. So löste man keine Probleme und ließ kritische Situationen über sich hereinbrechen - man wollte es nicht wahrhaben. Erst als es schmerzte, wurden große und größte Aufschreie kundgetan.

Wurde ein Unrecht über einen längeren Zeitraum hin nicht geahndet, so wurde es im Jahr 2000 nicht mehr als Straftat angesehen. Das gleiche Vergehen innerhalb kürzester Zeit führte zu einer Verurteilung. *Trägt ein Mensch dazu bei, dass ein anderer Mensch über viele Jahre seelisch oder gesundheitlich langsam zu Tode kommt, so passiert nichts oder selten etwas, es ist auch schwer zu beweisen.* Ein schneller Mord wurde hingehend sofort geahndet. Anfang des zweiundzwanzigsten Jahrhunderts wurde ein tödlicher Ausgang nicht mehr unterschieden in einen gezielten schnellen Mord oder einen Mord in Raten über mehrere Jahre.

Wohnen und Gebäude

Wegen des großen Bedarfes an Energie, der kaum gedeckt werden konnte, veränderte sich die Art und Weise der Architektur von Gebäuden grundlegend. Öl und Erdgas standen nur noch begrenzt zur Verfügung. Deswegen trieb man sehr intensiv die

Forschung für Isolationsverfahren und alternative Energiegewinnung voran. Wind, Wasserkraft, Temperaturunterschiede, Gärungsprozesse, Sonneneinstrahlung, chemische Prozesse und vieles mehr wurden je nach Anforderung zur Energiegewinnung eingesetzt. Nicht jede einzelne Wärmequelle hatte eine Bedeutung, sondern nur die Summe aller. Man baute nicht mehr nur über der Erde, sondern man baute unter der Erde, im Meer und im Orbit. Man musste von der traditionellen Baukunst abweichen, weil kaum noch Platz zur Verfügung stand. Es wurde mittlerweile so viel zugepflastert, dass die Flora nicht mehr ausreichend Sauerstoff produzieren konnte. Ein Problem, das zu Atembeschwerden führte. Abhilfe schafften portable Sauerstoffquellen, die bald zum Standard gehörten. In geschlossenen Räumen wurde für ausreichend Sauerstoff gesorgt. Mittlerweile bildeten sich auf dem Mond einzelne Kolonien mit eigener Versorgung an Lebensmitteln, Sauerstoff und kleinen Fertigungsbetrieben. Es dauerte einige Jahrzehnte bis auf dem Mond ein erträgliches Leben möglich war. Mittlerweile wurden Kinder auf dem Trabanten geboren, erstaunlicherweise nach dem herkömmlichen Prinzip: die Mutter trug selber das Kind aus. Neben dem Mond wurden für die Erdumlaufbahn Trabantenstädte im Orbit installiert. Diese konnten bis zu tausend Menschen versorgen. Es war zu erkennen, dass das soziale Gefüge und das Miteinander auf Mond und Trabanten besser funktionierten als auf der Erde. Durch die Entdeckung eines Elementes auf anderen Planeten, das der Erdanziehungskraft wiederstand, konnte ein fast gewichtsloses aber hochfestes Seil entwickelt werden, welches Trabanten mit der Erde verband. Bei genügender Entfernung von der Erde hatte die Erdanziehung keine große Wirkung mehr, so dass der Trabant das Seil ständig spannen konnte. Der Vorteil den man darin sah war, dass man damals sogenannte Laufmaschinen an diesen Seilen zum Trabanten fahren ließ. Es sparte enorme Kosten, denn so konnte man auf das aufwendige Raketenprinzip verzichten.

Neben diesen Lebensformen forcierte man auch das Bauen unter der Wasseroberfläche. Hier standen Lebensmittel aus dem Meer zur Verfügung. Es bestand aber immer die Gefahr der Überfischung, denn es lebten mittlerweile viel mehr hungrige Mäuler auf dem Erdball als im Jahr 2000. Ebenso versuchte man Neuland auf der Erde zu gewinnen, was sehr aufwendig war. Man konnte nur in relativ seichtem Wasser Sand aufschütten, um künstliche Inseln zu erschaffen.

Anfänglich war die Abfallentsorgung ein fast nicht zu lösendes Problem. Man einigte sich in den Regionen aber darüber, dass nur genormte und wiederverwertbare Gefäße eingesetzt wurden. Mit dieser Maßnahme konnte man das Abfallproblem in den Griff bekommen. Städte, die auf der Erdoberfläche gebaut wurden, überdachte man gänzlich mit glasähnlichem Material. Dies diente auch zur Energiegewinnung bzw. wirkte gegen die Energieverschwendung. Fast die komplette Sahara wurde mit wesentlich verbesserter Photovoltaik- Technik ausgestattet. Durch geschickte politische Verhandlungen gelangte ein Großteil des gewonnen Stromes ins alte Europa. *Wohneigentum, so wie wir es kannten, gab es kaum noch.* Man erwarb sich Wohnrechte, die dann zum Bewohnen einer Wohnung oder eines Hauses legitimierten. Je nach Punkteguthaben konnte man sich von einer Wohnzelle bis zu einem Haus Wohnraum leisten. *Eigentümer war in der Regel der Staat, nach unserem Verständnis entsprach dies einer Miete.*

Physik, Technik, Informatik, Wetter und Internet

Die Computer- und Informations-Technologien veränderten sich grundlegend. Diese neuen Techniken basierten zum großen Teil auf organischen Substanzen und hatten eine minimalistische Ausdehnung. Es war gelungen, Rechnerkapazitäten auf Nanogröße zu reduzieren, die auch im menschlichen Organismus eingesetzt wurden. Mit dieser Technik konnten Korrekturen und Reparaturen im menschlichen Körper vorgenommen werden. Virologie und Mikrobiologie standen damit völlig neue Heilungsinstrumente zur Verfügung. Die gesamte Speicher- und Leistungskapazität eines Notebooks im Jahre 2000 wurde hundert Jahre später in Nanogröße verpackt.

Die Weiterentwicklung von technischen Einrichtungen und Apparaten schien physikalische Regeln zu sprengen – mit den Augen des Jahres 2000. So wurden beispielsweise Materialien entdeckt und entwickelt, die leichter als Luft waren und auch die Anziehungskraft der Erde überwanden. Dies stellte die Grundlage neuer Antriebstechniken in der Luft- und Raumfahrt dar. Entwicklungen dieser Art waren nur möglich, weil durch die Raumfahrt auf anderen Planeten und Himmelskörpern bis dato Elemente gefunden wurden, die nicht bekannt waren. Darunter befanden sich beispielsweise Metalle und Erden. Die Wissenschaften der Physik, Chemie und Astronomie wuchsen zusammen. Die Forschung hatte für jeden Knochen des menschlichen Körpers künstlichen Ersatz parat oder konnte es in kurzer Zeit herstellen, ebenso für alle Organe und Flüssigkeiten. Die implantierten lebenslang haltenden Chips wurden bereits erwähnt. Sie haben einige Berufssparten überflüssig gemacht. Um den Lebensstandard zu halten wurden immer weniger Menschen benötigt - es existierten aber zu viel Menschen. Man regelte dieses Problem durch weniger Arbeitszeit. Die Computertechnik ersetzte sehr viel an menschlichen Leistungen und auch Entscheidungen. Dadurch musste der Mensch weniger lernen - was er auch tat. Die allgegenwärtigen Computer, auch wenn sie noch so klein waren, nahmen dem Menschen das Rechnen ab. Das wirkte sich fatal durch den fehlenden Zugang zu Forschung und Technik aus. Die Entwicklungskurve flachte sich dadurch ab, knickte aber nicht nach unten weg, da Computer Teile der Entwicklung und Forschung übernahmen. Es begann sich ein Teufelskreis zu bilden zwischen Mensch und Computer. Die Rechner verfügten in Summe über weitaus mehr Fähigkeiten als das menschliche Gehirn, konnten aber nicht komplett alles abdecken.

Internet oder andere Techniken des Datentransfers gab es nicht mehr, es war alles mit allem verbunden. Kabelverbindungen wurden

durch Induktion und hohe Frequenzübertragungen ersetzt. Strom
kam nicht mehr aus der Steckdose, er wurde in jedem Raum durch
eine besondere Form des Magnetismus anzapfbar. Jeder Haushalt
hatte seine eigenen Energiequellen.

So wie Chips bei der Geburt den Menschen implantiert wurden,
so wurde in die Augen eine Art Folie eingesetzt, die übertragene
Bilder oder Videosequenzen für das menschliche Auge sichtbar
machten. Gesteuert wurde das Videoverhalten über die Sprache,
empfangen im Kehlkopfchip. So wurde die alte Fernsehtechnik
überflüssig.

Im Laufe unseres Betrachtungszeitraumes wurde immer mehr zu
Gunsten der Sprachsteuerung auf Schalter oder mechanische
Steuerungen verzichtet. Ein Haus wurde komplett über die
menschliche Sprache gesteuert. Schlüssel gab es auch nicht mehr.
Wärme wurde unter anderem über eine Algen/Lichttechnik
gewonnen. Durch die aus Sicht des Jahres 2000 enormen technischen
Fortschritte (auch mit sozialen Rückschritten verbunden) konnte man
auch bis zu einem gewissen Grad Einfluss auf die Wetterbildung
nehmen.

Durch die großflächig entstandenen Verleumdungen und
Falschmeldungen im damaligen Internet ging man dazu über, jeden
Verfasser von veröffentlichten Informationen sofort zu identifizieren.
Ab diesem Zeitpunkt veränderte sich die Wortwahl radikal -
Meldungen hatten erheblich mehr Wahrheitsgehalt.

Finanzen und Zahlungsmittel, Geldpolitik

Um es voraus zu sagen: die bis zum Jahre 2018 an Griechenland gegebenen Kredite wurden nie zurückgezahlt und das verschuldete Land veränderte sich auch aus Sicht der Produktivität und Leistungsfähigkeit nicht wesentlich. Dies war wohl ein Wunschdenken der EU-Ideologen.

In unserem Betrachtungszeitraum veränderte sich die Kreditvergabe zur Finanzierung von Anschaffungen deutlich. Es gab kein Geld mehr in unserem Sinne. Das was früher Zahlungsmittel war wurde zu Werte-Punkten und dies fast auf den gesamten Erdball. Das frühere private Eigentum wurde zu Gunsten des Staatseigentums größtenteils abgeschafft – unter größten Protesten und bürgerkriegsähnlichen Reaktionen. Demnach waren Kreditvergaben nicht mehr erforderlich. Anstelle dessen wurde jeder Person - entsprechend der Ausbildung, des Berufsstandes und der politischen Einstellung - Punkte zugestanden, mit denen sie ähnlich eines Kredites verfahren konnten. Auch bei Ratenkäufen wurde dieses Verfahren angewandt. Zinsen wurden gänzlich abgeschafft. In die Funktion von Banken, die ebenfalls vollkommen abgeschafft wurden, traten staatliche Einrichtungen, die den regionalen und überregionalen Zahlungsverkehr (in Punkten) regelten. Im Wesentlichen schlossen sich alle Regionen diesen Einrichtungen an. *Das Kontenmodell wurde bereits erläutert.* Jedem Menschen (ab Geburt) und jeder juristischen Person (ab Gründung) wurden Konten zugeordnet, deren Wertefluss besteuert wurden oder steuerfrei waren. Bei einem Wertezufluss auf ein zu besteuerndes Konto wurde automatisch ein Teil des Wertes auf staatliche Konten umgebucht. Der Staat passte die Prozentsätze für den jeweiligen Werteverkehr jährlich der aktuellen Haushaltslage an.

Energie

Einige neue Energiequellen wurden bereits beschrieben. Die am häufigsten genutzte Quelle wurde von Ingenieuren entwickelt und zeigte großen Erfolg: Man bohrte sehr tiefe Löcher bis zu dem Punkt in die Erdkruste, an dem Hitze gemessen werden konnte. Nun goss man Wasser in die Löcher, welches sofort verdampfte. Durch hitzebeständige Dampfgeneratoren wurde auf diese Weise Strom erzeugt. Außer der Wartung von Bohrloch und Generator war für die Gewinnung des Stromes kein weiterer Aufwand notwendig.

Man erinnerte sich an die Atomenergie und entwickelte Kleinstatomkraftwerke, die jedem Haushalt zur Verfügung standen. Durch hochentwickelte Sicherheitssysteme war die Gefahr einer Kernschmelze ausgeschlossen. Da Uran auch nicht unendlich zur Verfügung stand, sank der Einsatz der Kleinstatomkraftwerke langsam.

Durch ein einfaches Verfahren, das in der Weltraumforschung entwickelt wurde, konnte man Wasser in Sauerstoff und Wasserstoff trennen. Die gewonnenen Elemente dienten ebenfalls als Energiespender. Da dieses Verfahren sehr großen Anklang fand, wurde sehr viel Wasser gespalten, das dann aber nicht mehr zur

Verfügung stand. Das Ergebnis war eine drohende Wasserverknappung ohne Nachschub.

Die große Wüstenlandschaft Sahara gab es noch, wenn auch lokal etwas verschoben. Mit hocheffizienten Photovoltaik-Techniken konnte man einen sehr großen Teil der Wüste bestücken. Der Wartungsaufwand war relativ gering. Streit entstand über die Rechte der Nutzung, da die Sahara enorm viel Strom mit der geschilderten Technik liefern konnte. Bald wurde daher ein Krieg unter Anrainer-Regionen entfacht. So wie mit Solartechnik konnte man in anderen Regionen mit Photosynthese Strom gewinnen. Beides basierte auf der Sonneneinstrahlung.

Weitere erneuerbare Energiequellen wurden genutzt und deren Gewinnung verfeinert. Mit dem Einsatz spezieller Generatoren konnte die Wasserbewegung in Flüssen und Meeren in Energie umgewandelt werden - ähnlich der Windenergiegewinnung. Wasserkraftwerke in den Bergen verloren an Bedeutung.

Die Osmose in der Natur und die Regulierung des Wasserhaushaltes dienten als Grundlage einer Verfahrenstechnik für weitere Energieproduktion.

Die Vergärung von Abfällen und die dadurch erzielte Gaserzeugung, wie z.B. Methan, sorgten nicht nur für Kompostgewinnung, sondern auch für Brennstoffe. Fossile Brennstoffe wie Kohle, Erdgas und Öl verloren an Bedeutung, da die Reserven bald erschöpft waren.

Die Forschung sah die Notwendigkeit, sämtliche Energieformen zu speichern. Dies galt besonders für Strom. Die Batterien, um größere Mengen Strom zu speichern und dies über einen langen Zeitraum, basierten auf organischen Materialien. Eine Technik die man im Jahr 2017 gerne eingesetzt hätte. Diese neuen Stromspeicher waren extrem leicht, nahmen aber immer noch viel Platz in Anspruch. Über kleine Entfernungen konnte man Strom kabellos übertragen, hier bediente man sich einer Art Induktionstechnik.

Mit der erweiterten Kraftwärmekopplung wurde die gleichzeitige Gewinnung von mechanischer Energie, die in der Regel unmittelbar in elektrischen Strom umgewandelt wurde, erreicht. Dazu wurde nutzbare Wärme für Heizzwecke oder für Produktionsprozesse in einem gemeinsamen thermodynamischen Prozess - üblicherweise in Heizkraftwerken - erzeugt.

Helium-3 ist das stabile Isotop des Heliums. Sein Atomkern enthält zwei Protonen und ein Neutron. Hauptanwendungsgebiet von Helium-3 war die Tieftemperaturforschung. In Mischungskryostaten (Kühlgeräte, die besonders tiefe Temperaturen erreichen) wurden Temperaturen von nur wenigen tausendstel Kelvin über dem absoluten Nullpunkt erreicht. *Helium-3 ist auf der Erde sehr selten, so dass es überwiegend in Forschung und Technik eingesetzt wird.* Die zentralen Hochleistungscomputer wurden mit diesem Verfahren gekühlt. Man fand dieses Element auf anderen Himmelskörpern.

Insgesamt waren alle Staaten und Regionen daran interessiert, den Verbrauch von Energie zu reduzieren. Ein hoher Energieverbrauch wie im Jahr 2015 war wegen der begrenzten Ressourcen nicht mehr möglich.

Der Erdmagnetismus wurde in Verbindung mit natürlicher Bewegung - wie Wind oder Wellen - zur Energiegewinnung eingesetzt. Nachwachsende Rohstoffe oder holzähnlicher und getrockneter Abfall konnte in kleinen Verbrennungsräumen Energie spenden.

Insgesamt wurde Energie in kleinen zum Teil auch mobilen Quelleinheiten erzeugt. In Ballungsgebieten oder größeren Produktionsstätten wurden Großheizsysteme mit unterschiedlichsten Energiequellen installiert. Die Heizenergie von aktiven Vulkanen konnte in der Umgebung mit komplizierten technischen Aggregaten angezapft werden. Magma gab seine Wärme an Wasserkreisläufe ab, die dann in naheliegenden Ortschaften verteilt wurde.

Deuterium ist ein natürliches Isotop des Wasserstoffs, es besteht aus einem Proton und einem Neutron. Eingesetzt wurde es als Moderator in Kernreaktionen, als Brennstoff in Kernfusionsreaktoren und als Ersatz für Podium.

Insbesondere in der Raumfahrt wurde im Laufe der Jahrzehnte immer mehr der Ionenantrieb forciert. Es handelte sich um eine Antriebsmethode, die vorwiegend in der Raumfahrt, aber immer mehr auch bei normalen Fluggeräten eingesetzt wurde. *Ein Ionentriebwerk nutzt den Rückstoß eines erzeugten Ionenstrahls zur Fortbewegung. Sie erzeugen zwar einen für den Raketenstart direkt von der Erde zu geringen Schub, verbrauchen aber weniger*

Stützmasse als chemische Triebwerke. Deshalb wurden sie ausschließlich bei Starts von Raumstationen eingesetzt.

Da der Erdball völlig übervölkert war, musste man sich von Seiten der Politik und Forschung stark mit dem Thema der Atemluftgewinnung beschäftigen. Wenn im Jahr 2015 100 Prozent Atemluft zur Verfügung stand, so waren es am Ende unserer Betrachtung nur noch 75 Prozent - ein Fiasko. (Dieses Thema wurde bereits besprochen.)

Gammastrahlung, im engeren Sinne eine besonders durchdringende elektromagnetische Strahlung, entsteht bei spontaner Umwandlung der Atomkerne. Angewandt wurden diese Strahlen in der Medizin, Sensorik und Materialprüfung, Sterilisation, Keimverminderung, strahlenchemischen Vernetzung und bei der Spektroskopie.

Die uns bekannten Gewitterblitze bergen eine enorme Fülle an Energie, wenn auch nur für eine kurze Zeit. Hier entwickelte man erfolgreich Methoden, Hitze und Strom der Blitze abzuleiten, zu speichern oder sofort einzusetzen.

Grünalgen sind photosynthetisch aktive Algen. Die Photosynthese diente im erweiterten Sinn der Stromgewinnung. Dieser Stoffwechsel bestand aus chemischen Prozessen, die Energie frei setzten. Das Licht spielte hier mit eine entscheidende Rolle.

Wandel der Erde

In den Jahren ab 2010 wiesen Forscher immer wieder auf die Erderwärmung hin. Leider verschlechterte sich im Laufe unseres Betrachtungszeitraumes dieses Phänomen zwar langsam aber stetig. Die Schuldfrage blieb weiterhin ungeklärt. Der Mensch trug mit all seinen Aktivitäten 30 Prozent selbst zur Erderwärmung bei. Der Meeresspiegel war gestiegen, aber in geringem Maß, so dass z.B. Hamburg noch keinerlei Schaden davontrug.

Auf dem Erdball förderte der Mensch nicht nur sämtliche Bodenschätze, er verbrauchte sie auch. Marmor gab es nicht mehr, ebenso Granit und ein Teil der Metalle. Öl, Kohle und Gas hatten schon längst einen Minimumpegel erreicht. Auf den Polen schmolz das Eis, was in dieser Menge die Wassertemperatur beeinflusste, dies hatte wiederum in Teilen negativen Einfluss auf Flora und Fauna der Meere. Das Trinkwasser war mit nicht mehr normalen Methoden filterbar, also wurde es ungenießbar. Reststoffe und chemische Abfälle verseuchten das Grundwasser nachhaltig. Die Bevölkerung verdurstete zwar nicht, aber es entstanden schleichende Erkrankungen, die oft erst nach Jahren festgestellt wurden. Wälder, Weiden und Äcker mussten teilweise weichen, um dem Bevölkerungszustrom Wohnraum zu bieten. Viehzucht war notwendig und erfolgte nicht mehr auf Weiden, sondern in eigens dafür entwickelten Hochhäusern.

Die Vulkantätigkeit veränderte sich in unserem Zeitraum. An fast allen tektonischen Platten kam es zu mehr oder weniger starken

Verschiebungen, die darunterliegendes Magma freisetzten. Die über die Jahrzehnte zunehmende Verunreinigung der Meere hatte deutlich negativen Einfluss auf die Meerestiere. Niemand zeichnete sich dafür verantwortlich. Erst als die Meere Regionen und Staaten zugeordnet wurden, entstanden reinigende Verantwortlichkeiten.

Die für uns so wichtige Atmosphäre verlor an Sauerstoff. Die Ursachen hierfür lagen bei der Überbevölkerung und der schwindenden Flora.

Ausbildung, Schulen und Universitäten

Das gesamte Wissen der Menschheit wurde auf zentralen Rechensystemen gespeichert und ständig aktualisiert. Bücher gab es nicht mehr. Der Mensch konnte eine Frage stellen, die an seinem Kehlkopf-Chip in eine Datenstruktur umgesetzt wurde. Sie wurde weitergeleitet an den zentralen Wissensrechner, dieser stellte die Antwort bereit und schickte sie an seine Ohrchips (Audiochips) oder/und an seine Augenfolie (Videofolie im Augapfel) zurück.

Zwar hielten sich Sprachen wie Französisch, Deutsch oder Italienisch noch, es entwickelte sich aber durch den vorwiegend arabischen Menschenzufluss eine Art Primitivsprache, die jeder Bürger verstehen musste. Durch den weitest gehenden Zerfall der Traditionssprachen mit ihrer Vielfalt und guten Verständlichkeit, verzeichneten Präzision und Genauigkeit in den neuen Sprachen einen Rückgang. Dies wiederum hatte Auswirkung auf Bildung, sowie Forschung und Entwicklung.

Die kleineren Kinder wurden in staatlichen „Kindergärten"
aufgezogen. Sie wurden dort verpflegt und wohnten auch in diesen
Räumlichkeiten. In den meisten Fällen gab es keinen Bezug mehr zu
den Eltern, weil die Kinder synthetisch gezeugt wurden. Die Politik
hatte den totalen Einfluss auf die Erziehung.

Um den Heranwachsenden ein einigermaßen erträgliches
Sozialempfinden zu vermitteln, wurden die Kinder in einer Art
„Internat" untergebracht. In diesen Einrichtungen lebten die Kinder,
da sie ohnehin ihre Eltern nicht kannten.

Wegen der sich immer wieder anbahnenden Streitereien und
Konflikten unter den unterschiedlichen Bevölkerungsgruppen gab es
bei weiterführenden Bildungsanstalten keine Räumlichkeiten mehr.
Der Unterrichtsbetrieb wurde komplett online durchgeführt.
Prüfungen wurden persönlich vor Gremien pro Prüfling vollzogen.
Die gesamte Qualität der Wissensvermittlung stellte Anfang des
zweiundzwanzigsten Jahrhunderts im Vergleich zu 2015 nur 60
Prozent dar. Der Grund lag an der Verwässerung der ursprünglichen
Bevölkerung, Zugreiste hatten nur wenig oder gar keine
Grundbildung. Durch die Hungersnöte konnte Afrika auch keinerlei
Bildungsstand aufrechterhalten. Diese Situation hatte auch Einfluss
auf die Lehr-Fächer. Naturwissenschaftliches Wissen wurde
erheblich mehr gefördert als z. B. Geisteswissenschaften.

So wie sich die Sprache zum Nachteil veränderte, so änderte sich
auch die Schrift. Etwa 50 Prozent der Bevölkerung konnte lesen und
schreiben. Gründe hierfür lagen in den eingepflanzten Chips, es

wurde lediglich über Sprache kommuniziert und zum anderen an der Zuwanderung. Die Notwendigkeit des Lesens und des Schreibens war nicht mehr gegeben. Die Sprache konnte durchaus für einen anderen Menschen unverständlich sein, durch den jeweiligen Chip wurde sie auf einen Standard transferiert bzw. übersetzt und somit digital verständlich gemacht.

In allen Ausbildungseinrichtungen, abhängig von den jeweiligen Regionen, wurden jedem „Schüler" oder „Studenten" Leistungspunkte zugeordnet. Diese Punkte wurden bei beruflichen Qualifikationen oder Einstellungen zu Grunde gelegt. Persönliche Einstellungsgespräche gab es nicht mehr.

Die Lehrer – Schüler - Beziehung während der gesamten Ausbildung entwickelte sich nachteilig, weil den Ausbildern gegenüber zum Teil extrem hohe Respektlosigkeit entgegengebracht wurde. Lehrer wurden drangsaliert und geschlagen, um ein besseres Punktekonto zu erwirken. Daher anonymisierte sich das gesamte Ausbildungswesen immer mehr.

Lebensmittel

Die Produktion von Lebensmitteln und Getränken veränderte sich grundlegend im Vergleich zum Jahr 2015. Alle Lebensmittel wurden gentechnisch verändert, so dass sich das Produkt resistent gegen schnelle Verrottung zeigte. Wegen der immer weniger werdenden Anbaufläche und Weiden, baute man spezielle Hochhäuser, um dort Lebensmittel anzubauen und Vieh zu züchten. Das Vieh war mit

Medikamenten vollgestopft um Krankheiten zu verhindern. Dies wiederum hatte Auswirkungen im menschlichen Körper.

Die weltweite unterschiedliche Nahrungsknappheit führte dazu, dass Insekten zu Nahrungsmitteln verarbeitet wurden. Es entstanden Krankheiten durch Manipulationen und Eingriffe in die Natur, die vorher nicht bekannt waren. Zunächst hatte man keine Gegenmittel, um dieses gesundheitliche Problem zu lösen. Der leise Versuch – zurück zur Natur – brachte in einigen Fällen Verbesserungen. Fast alle Lebensmittel wurden durch Düngung und Zucht so verändert, dass auch der Nährgehalt und die Vitamine darunter litten. Als man die Lebensmittelversorgung für den Weltraumaufenthalt gut verträglich standardisiert hatte, nahm man sich auch auf der Erde dieser zum Teil aufwendigen Lebensmittelproduktion an. Es gab z.B. keine Äpfel, keine Birnen und keine Bananen mehr zu erwerben. Sämtliche Lebensmittel waren konzentriert und keimfrei verpackt, die Frucht war nicht mehr zu erkennen, die geschmackliche Zuordnung musste erraten werden.

Durch die Lebensmittelknappheit auf dem Erdball stand an erster Stelle der Kriminalität der Lebensmitteldiebstahl gepaart mit zum Teil brutalen Aktionen. Restaurants gab es nicht mehr. Ein Art Fast-Food setzte sich gezwungenermaßen durch.

Durch all diese Probleme wie Unzufriedenheit, Nahrungsmangel und körperliche Übergriffe stieg der Konsum an Alkohol und Drogen. Auch dies trug zur schlechten Produktivität innerhalb der Regionen bei.

Mode, Kleidung, Essen

Mode, so wie wir sie aus dem Jahr 2000 kannten, gab es nicht
mehr. Es wurden Funktions- und Einheitskleidungen produziert. In
abgeschotteten und elitären (wenn man es so nennen kann) Kreisen
wurde eine individuell gefertigte Kleidung, ähnlich der uns
bekannten Mode, getragen. Für die Masse war dies nicht erkennbar
und wurde auch nicht publiziert.

Einen großen Vorteil hatte die Funktionskleidung, sie war wegen
neuen Materialien absolut wetterfest, atmungsaktiv und
kälteisolierend. Schweiß wurde sofort abtransportiert und
verbleibende Substanzen wie Geruchstoffe wurden durch die Stoffe
neutralisiert.

Essen unterlag keiner Mode, denn es war standardisiert. Auch
hier bedienten sich die elitären Kreise einer eigenen Esskultur.

Komponisten gab es nicht mehr, denn mit Hilfe der
Computertechnik wurden neue Formen von musikalischen
Impressionen kreiert. Somit gab es auch keine Ohrwürmer, weil
durch einen Musikgenerator permanent neue Stücke für den Hörer
geschaffen wurden.

Für die Kunst als schaffende Institution gab es keinen Freiraum
und keine Zeit mehr. Die Menschheit war zu sehr mit dem Überleben
beschäftigt, so dass die Muse und die Kreativität völlig ausgeblendet
wurden.

Wollte man etwas erwerben, so wurde dies im Netz bestellt.
Kaufhäuser oder Einkaufszentren gab es nicht mehr. Ebenso wurden

keine Haustiere mehr gehalten, der Mensch hatte dafür keinen Sinn mehr.

Verkehr und Transport

Der gesamte Transport von Menschen, Tieren, Lebensmitteln und Produkten wurde auf Induktionsstrassen verlegt. Je nach Größe des zu transportierenden Materials wurden dafür Kabinen eingesetzt. Diese Kabinen bewegten sich über der Erde, ähnlich wie auf unseren Autobahnen oder in Transportröhren. So stand jedem Mensch die Nutzung einer Kabine kostenlos zur Verfügung. Je nachdem wie viele Personen von A nach B reisen wollten, wurde eine passende Kabinengröße zur Verfügung gestellt. Der Fahrgast bestellte mit seiner Sprachtechnik eine Kabine einer bestimmten Größe zu einer festgelegten Zeit. Kurze Zeit später stand dieses Gefährt den Reisenden zur Verfügung. Nun wurde per Sprache der Kabinentechnik das Ziel und die Geschwindigkeit mitgeteilt. Wer schnell reisen wollte musste „zahlen", wer exklusiv reisen wollte musste „zahlen", also Punkte abgeben. So entwickelte sich unser Automobil zu einem computergesteuerten und automatisch funktionierenden Vehikel. Fahrer wurden überflüssig.

Die Raumfahrt entwickelte sich wirtschaftlich sehr zum Vorteil. Die Möglichkeit über eine Art Aufzug eine Raumstation zu erreichen wurde beschrieben. Wollte man dann zu entfernten Himmelskörpern, was damals schon üblich war, musste man in der Raumstation in ein Spezialfahrzeug mit unterschiedlichen Antrieben umsteigen. Am

Ende unseres Betrachtungszeitraumes wurde ein Verfahren entwickelt, den menschlichen Körper in einzelne Atome zu zerlegen, zu ordnen und in temporäre Energie umzuwandeln. Dies ermöglichte den Transport in fast Lichtgeschwindigkeit. Am Ziel angekommen wurde die Zerlegung wieder rückgängig gemacht. Der Mensch erreichte in extremer Geschwindigkeit sein Ziel auf einem Himmelskörper. Die Forschung dafür kostete aber vielen Menschen das Leben und war immer noch nicht ausgereift.

Alle Fahrzeuge auf dem Land, in der Luft oder im Weltraum wurden ausschließlich durch Computer gesteuert. Piloten oder Fahrer waren somit überflüssig geworden. Für bestimmte Transporte auf der Erde wurde eine Art Luftschiff eingesetzt. Es war zwar sehr langsam, konnte aber alle Teile der Erde erreichen; eine Bahn für Start und Landung war nicht erforderlich. Für den Antrieb bediente man sich einer Solartechnik ähnlicher Art.

Die Touristik nahm wegen der gesamten Unzufriedenheit der Bevölkerung stark ab. Als bleibender Standardausflug gewann der Mond immer mehr an Bedeutung.

Um Produkte zu transportieren wurden standardisierte Verpackungen eingesetzt. Dies hatte zur Folge, dass geordnet viel mehr pro Transport übernommen werden konnte. Alle Verpackungen konnten auf ein Minimum an Ausmaß zusammengefaltet werden.

Die unterschiedlichen Regionen erhoben eine Art Maut oder Miete, wenn Menschen aus anderen Bereichen einreisen wollten.

Dafür stand ihnen die Kabinentechnik zur Verfügung, die auch grenzüberschreitend eingesetzt wurde.

Altersversorgung, Sozialsystem, Vermögen

Der Krankenstand war im Durchschnitt über alle Regionen gesehen sehr hoch. Viele Menschen konnten dem sozialen und politischen Druck nicht mehr standhalten. Dazu kamen die Auswirkungen der Altersstruktur: junge Menschen aus arabischen Ländern, Afrika und ältere Menschen aus dem alten Europa. Es war nicht ungewöhnlich, dass Menschen ein Alter von 130 Jahren erreichten. Das Problem war, dass der Mensch ab 90 Jahren nicht mehr als produktiv angesehen wurde. Diese Entwicklung wurde von der allgemeinen Politik nicht genügend ernst genommen, so dass über einige Jahrzehnte extreme Altersarmut die Bevölkerung belastete. Revolten waren das Ergebnis. Es war nicht ungewöhnlich, dass ältere Menschen verhungerten.

Konnte man ein Regulativ schaffen? Wie schon erwähnt sammelte sich jeder Mensch ein Rentenpunkte-Kontingent an. Je nach Leistungsfähigkeit übergab man den Menschen mit zunehmendem Alter leichtere und verträglichere Arbeiten. Erst wenn gesundheitlich keine Produktivität mehr möglich war, konnte man in „Rente" gehen. Welchen Lebensstil dieser ältere Mensch sich dann leisten konnte hing von seinen Rentenpunkten ab. In vielen Regionen versuchte man, extreme Verarmung im Alter zu vermeiden und den Menschen mit einer Art Assekuranz zu unterstützen.

Versicherungen kannte man nicht, es wurde alles über Werte-Punkte geregelt. Im Ruhestand eventuell über Eigentum und Vermögen zu verfügen war nicht möglich. Zum Teil zeigten sich sehr schwere Schicksale, denn Familie in unserem Sinne gab es nicht mehr. Der z.B. bettlägeriger Mensch war oft der Willkür des Betreuungspersonals ausgesetzt. Suizid war somit fast an der Tagesordnung.

Ihr James Robinson
Gebürtiger Deutscher, eingebürgerter US-Amerikaner „

Viele Jahre später für Louis

In den vielen Jahrzehnten während denen Louis auf der Insel lebte, ereignete sich nichts Grundlegendes. Die große Naturkatastrophe war zu spüren, aber nur durch gelegentlich sauren Regen. Louis heiratete mit Genehmigung seines „Stammesfürsten" und des „Insel-Vorstehers" die älteste Tochter des schon lange verstorbenen Kapitäns. Louis konnte als Nicht-Insulaner nicht die Position des „Insel-Vorstehers" besetzen, wurde aber als kluger Berater akzeptiert, auch wegen seiner sozialen Intelligenz. Über viele Bereiche machte er sich Gedanken und besprach sie mit den Insulanern. Er setzte immer wieder seine Herkunft in Relation zu der kleinen Kultur der Insel.

Eine Art Religion konnte Louis nicht erkennen. Man stellte dafür menschenwürdige, konsequente und kluge Regeln auf, es waren mehr philosophische Anschauungen. Diese Regeln wurden von allen Insulanern kritiklos akzeptiert, weil sie sich als insgesamt gut herausstellten. Dies fand Louis eine hervorragende Form wie Menschen miteinander umgingen, respektvoll und mitfühlend.

In den vielen Jahren, oder besser Jahrzehnten, seines Aufenthaltes auf der Insel veränderten sich die Menschen nach seiner Beobachtung nicht. Obwohl sie wie jeder Mensch mit den sozialen Trieben ausgestattet waren, konnte Louis nicht erkennen, dass die negativen Seiten erkennbar ausgelebt wurden. Es gab Ausnahmen. Einen demografischen Wandel gab es nicht.

Louis brachte sich auf vielen Gebieten stark in die Gemeinschaft ein, was auch wohlwollend von der Bevölkerung anerkannt wurde. So versuchte Louis von dem Tauschprinzip der Menschen abzuweichen, weil bei den Tauschgütern oft ein Werteüberhang entstand. Es war äußerst schwierig ein Zahlungsmittel zu kreieren, das von den Menschen akzeptiert wurde und außerdem einen Wert darstellte. Da es auf der Insel keine nennenswerten Edelmetallvorkommen gab, musste man sich auf eine aufwendige Herstellung von „Geld" konzentrieren. Dieses neue Zahlungsmittel bestand aus Metallerzen, das fast fälschungssicher und aufwendig hergestellt wurde. Louis richtete eine Art Bank für die gesamte Insel ein, die dieses „Geld" unter Aufsicht herstellte. Es dauerte Jahre bis das ungewohnte Zahlungsmittel von allen akzeptiert wurde. Das neue Geld hatte auch Auswirkung auf die Mikro-Volkswirtschaft, der Handel von Waren wurde wesentlich flexibler gestaltet.

Die Politik und das Regieren auf der Insel waren für Louis anfänglich völlig unverständlich. Es konnte in der Tat jeder Inselbewohner eine eigene und individuelle Meinung äußern, die von allen anderen auch akzeptiert wurde. Es gab Begeisterung unter den Bewohnern, aber keine Ideologie oder gar Fanatismus. Aus seiner Heimat kannte er die Beeinflussung des Individuums durch die Massen. Dieses oft schädliche Phänomen erkannten die Insulaner wohl vor langer Zeit und gaben der respektierten Individualmeinung den Vorzug. Es bildeten sich auch keine Parteien, denn eine Idee wurde heute verworfen und morgen in verbesserter Form gefördert. Alle Insulaner zogen an einem Strang, ein deutlich ausgeprägtes Rudel- und Zugehörigkeitsverhalten wurde aktiv gelebt. Diese Mentalität miteinander umzugehen hatte höchsten Respekt bei Louis, obwohl er dies in den ersten Jahren nicht verstand. Den Hauptgrund für die anhaltende und schon lange während Harmonie unter den Inselbewohnern sah er in der Übernahme von Eigenverantwortung. Es wurden keine Probleme sozialisiert oder auf andere geschoben. Jeder, oder fast jeder, Bewohner stand zu seinen Äußerungen und zu seinen Handlungen. Das Lächeln und Lachen war fast eine Geisteshaltung. Denn finsteren Gestalten, so dachte Louis, ist Lächeln, Lachen und

Verantwortung fremd. Er verglich immer wieder seine Heimat mit der Insel bzgl. des Umganges der Menschen untereinander. Er antwortete oft, wenn er danach gefragt wurde: „Ich glaube in Deutschland gibt es zu viel Freiheit, jeder kann fast tun oder lassen was er will. Gesetze und moralische Grundzüge wurden spürbar verdreht, dies verwirrte die Menschen immer mehr, sie wurden in der EU sogar einem Ansturm entschlossener Fremder gegenüber handlungsunfähig.

All diese synthetische und unterschiedlich ausgelebte Freiheit, war bei den Insulanern nirgendwo zu erkennen. Sanktioniert wurde aber sofort schnell und mit Aufschlag. Jede junge Frau und jeder junge Mann musste ein Jahr für die Allgemeinheit tätig werden. In dieser Zeit durften sie keine Ehe eingehen. Die Ältesten beschlossen vor vielen Jahrzehnten schon, dass die Bevölkerungsanzahl gleich bleiben sollte. Den Grund sah man darin, dass bei einer Überbevölkerung nicht genügend Raum und Nahrung zur Verfügung stehen würde. Auch sah man darin einen möglichen Bruch in der sozialen Harmonie.

Der Krankenstand der Insulaner war für Louis gefühlt sehr gering. Kein Bewohner klagte über Luftbeschwerden, Magenverstimmungen, Rückgradproblemen, nicht verheilende Knochenbrüche oder Quetschungen. Auf der Insel existierte schon vor Louis Ankunft eine Art Krankenhaus. Hier wurden die Patienten von drei spezialisierten Bewohnern unterstützt. Diese Personen waren so etwas wie Medizinmänner und Ärzte. Die Erfolgsquote der Heilung war enorm. Über die vielen hundert Jahre entwickelte sich eine Erfahrungsmedizin, die den chinesischen Therapien ähnelte – teilweise unverständlich, aber es funktionierte. Geburten waren auf der Insel eine Selbstverständlichkeit, die Kinder kamen unter Wasser zur Welt. Operationen und Zahnbehandlungen wurden mit eigens dafür angefertigten Werkzeugen durchgeführt. Betäubt und desinfiziert wurde mit Alkohol.

Louis wunderte sich immer wieder, dass die Bevölkerung so viel Disziplin an den Tag legte. Es gab auch Kriminalität, aber wesentlich weniger ausgeprägt als Louis sie von seiner Heimat her kannte. Der Grund war sehr einfach: Jeder der gegen eine Regel verstieß oder jemand verletzte, dem wurde das Gleiche angetan, mit Zuschlag. Da die Anzahl der Insulaner überschaubar war, konnte sich kaum jemand rausreden. Das Anwenden von Sanktionen wurde so konsequent und transparent gestaltet, dass jeder Vorsicht walten ließ die Regeln zu überschreiten. Jeder Bewohner ab einem bestimmten Alter verfügte über Waffen oder waffenähnliche Instrumente. Dies gehörte zur Grundausstattung für jeden, der auf die Jagd ging, und jeder konnte jagen. Natürlich gab es auch aggressives Gerangel, bei dem der eine oder andere verletzt oder sogar getötet wurde, aber selten. Die Sanktionen waren klar und unausweichlich. Die bedeutete nicht, dass die Bewohner in einen geringen Freiheitsspielraum gepfercht wurden. Bei Mord wurde der Mörder auf eine andere Insel gebracht und dort getötet.

Bedingt durch das gleichmäßig warme Klima wurden die Häuser sehr einfach aus Holz und Ästen gebaut. Das Leben spielte sich vorwiegend vor den Häusern ab, so dass nur die Behausungen zum Schlafen verwendet wurden. Ein Einzimmerhaus konnten drei versierte „Handwerker" in zwei Tagen erstellen. Da es keinen Grundbesitz wie in Louis Heimat gab, war auch hier kein Streitkonflikt zu erwarten. Bezahlt wurde nach dem Prinzip: „Hilfst Du mir, helfe ich Dir!" Sanitäre Einrichtungen wurden zentralisiert, gekocht wurde vor dem Haus.

An Technik, so wie es Louis aus seiner Heimat kannte, war nichts Vergleichbares vorzufinden. Die Insulaner verfügten über Trinkwasserkanäle, in die Erde eingelassene Gefäße zur Konservierung von Lebensmitteln und Wasser, sowie weitreichende Gestänge zur Trocknung von Fleisch und Fisch. Das ausgeglichene warme und angenehme Wetter mit sporadischen Regenfällen machte keine großen Schutzmaßnahmen erforderlich. Nachrichten wurden durch Trommel- und Horn-Signale übermittelt. Salz wurde aus dem Meer gewonnen.

Mit Hilfe von Louis fanden ganz langsam die bereits beschriebenen Zahlungsmittel Akzeptanz. Man konnte zur Sicherheit Zahlungsmittel in einer „Bank" hinterlegen, Zinsen und Inflation gab es nicht.

Die Energieversorgung auf der Insel war immer ein schleichendes Thema. Um es vorweg zu nehmen, Strom im großen Stil und Verbrennungsmotoren gab es nicht, mit einer Ausnahme, einem defekten Generator und den beiden ebenfalls defekten Schiffsdieseln des Trawlers. Man konzentrierte sich auf mechanische Hilfen. In der Mitte der Insel ragte ein alter Vulkan in die Höhe. Bis schätzungsweise zweitausend Metern reichte die Baumgrenze, darüber hinaus bedeckten Sträucher den Boden. Im Trichter des Vulkans konnte auf einen großen Süßwassersee zugegriffen werden. Ähnlich wie die alten Römer führten die Insulaner eine Art Aquädukt vom Vulkangipfel bis ins Tal. Unten wurde mit dem laufenden Wasser ein Rad angetrieben, welches wiederum anderen Werkzeugen mechanische Leistung lieferte, beispielsweise einem Hammer für die Bearbeitung von Metallen. Die Sonnenenergie nutzte man für das Trocknen von Wäsche, Fleisch und Fisch. Feuer war kein Problem, solange es tagsüber mit Hilfe geschliffener und lichtdurchlässiger Steine entfacht wurde. Feuerstellen wurden fast nie gelöscht.

Louis konnte sich noch an die oft kontrovers diskutierten Themen über die Verschmutzung der Luft und der Meere erinnern. Damals, als er noch in Deutschland lebte, fand man in den Weltmeeren eine Riesenmüllansammlung. Hier, auf seiner Insel konnte man davon nichts spüren. Entweder reagierten die Länder darauf oder das Problem war noch nicht zu seiner Insel gelangt.

Die Bildung der jungen und die Weiterbildung der älteren Insulaner beeindruckte Louis sehr. Natürlich gab es keine Universität, so wie Louis es aus seiner Heimat kannte, dafür wurde die Bildung in Kenntnisstufen unterteilt. So kam es durchaus vor, dass ein Elfjähriger mit einem Neunjährigen in eine Bildungskaste eingegliedert wurde, nur aus dem Grund, weil er sich noch nicht genügend Wissen aneignen konnte. Die Betonung lag auf „konnte" und nicht auf „kann", denn nicht alle Schüler wurden zur gleichen Zeit dem Bildungswesen zugeführt. Noten waren unüblich, dafür wurden die Schüler von drei Lehrern unabhängig beurteilt. Es war erstaunlich, über welches Wissen und welche Bildung Jugendliche schon verfügten. Kenntnisse in Naturwissenschaften, Ernährung, Medizin, Justiz, Soziales und vieles mehr machten die Jugend zu ernst zu nehmenden Gesprächspartnern. Die Gebiete Technik wurden durch handwerkliche Fähigkeiten ersetzt, denn die Voraussetzungen waren auf der Insel nicht gegeben. Alles in allem waren Jugendliche nach einigen Jahren des Bildungsprozesses in der Lage, fast alle in der Gemeinschaft notwendigen Tätigkeiten auszuüben. Eine Konkurrenzsituation konnte von Louis nicht festgestellt werden.

Die Insulaner ernährten sich vom Fischfang, Wild, Geflügel, angebautem Gemüse, Getreide und Obst. Gegen bestimmte Leiden wurden Kräuter zur Einnahme oder für Verbände verwendet - sie bewährten sich über Jahrhunderte. Die Nahrung wurde teilweise kalt, aber auch erhitzt zu sich genommen. Anfänglich waren rohe Lebensmittel für Louis ein Problem, seine Verdauung hatte sich noch nicht angepasst.

Die Kleidung, an die sich Louis zunächst gewöhnen musste war zweckmäßig spartanisch. Kinder liefen nackt herum, Männer und Frauen trugen einen Lendenschurz. Dies vereinfachte die Auswahl der Mode erheblich. Die als Kleidung verwendeten Tücher wurden so wie man es aus dem Rest der Welt kannte gewebt. Das Grundmaterial - die „Wolle" - wurde aus Tierhaaren und extrem elastischen und dünnem Garn gesponnen. Das Ergebnis war für Louis anfänglich ein kratziges und unangenehmes Tragegefühl.

Für den Transport von Gütern über die Insel entwickelte man ein Karrensystem, das in vorgespurten Straßen geschoben oder gezogen wurde, dies alles mit Menschenkraft, denn Pferde oder ähnliche Nutztiere waren auf der Insel nicht beheimatet. Die Technik und der Einsatz von Rädern war bekannt und wurden zu unterschiedlichen Zwecken, wie Transporte oder Flaschenzugsysteme verwendet. Eine Art zweispuriges Straßensystem, hin und zurück, umrundete die gesamte Insel. Von diesem Straßenkreislauf gelangten sternförmig Straßen ins Innere der Insel. Die eingesetzten Karren waren einachsig und konnten von einer Person leicht gezogen werden. Im Inneren der Insel, dort wo Straßen über Berge und Hügel führten erleichterten Flaschenzüge das Fortkommen.

Eine Art Altersversorgung oder gar Rentensystem kannten die Insulaner nicht, da deren Assekuranz-Denken darin bestand, dass die Allgemeinheit, nicht nur den eigenen Kindern, sondern auch älteren Menschen half. Da im Sinne der restlichen Welt kein Eigentum erworben werden konnte und auch nicht bekannt war, konnten beispielsweise Neid und Missgunst in materiellen Dingen nicht oder wenig auftreten.

Das Universum war für Louis weitestgehend klar. Man lebte auf einem Planeten, Erde genannt, diese umkreiste mit anderen Planeten eine Sonne, dieses Sonnensystem war Bestandteil einer Galaxie, die wiederum zu einer galaktischen Gruppe gehörte. All dieses Wissen kannten die Insulaner in dieser Detaillierung nicht. Daher war Louis ein gerne gehörter Botschafter.

In der Zwischenzeit: Deutschland ließ die gesamte Entwicklung der anhaltenden Invasion, der schleichenden Islamisierung, der teils wahrheitslosen Informationstechnologie, der Verrohung und Verweichlichung wie ein Spielfilm über sich ergehen. Dieses Land legte sich ohne Not auf den Rücken. Die deutsche Politik war ein Selbstläufer mit Menschen ohne jegliche Zivil-Courage und ohne die Sorge, vom eigenen Volk Schaden abzuwenden. Eine großartige Kultur versank im Schlamm. Die Begriffe Kultur, Heimat, Tradition und Generationenpflege wurden mit Hilfe bewusster Massen-Hysterie gewisser politischer Strömungen ausgelöscht. Das Bewahren des Guten wurde als unzeitgemäß verunglimpft. Trotz

Vergewaltigungen in immer brutalerer Weise und Bombenanschlägen sah die deutsche Politik immer noch den Islam als friedliche Religion an. Dies mag er in Teilen auch gewesen sein, aber die Verbrechen von Islam geprägten Männern waren so eklatant, dass ein deutliches und unmissverständliches Einschreiten notwendig gewesen wäre. Hätte man deutlich und konsequent gehandelt, dann hätten bestimmte Organisationen und Parteien sofort die Täter in Schutz genommen. Das Opfer spielte keine Rolle mehr. Die christliche Strömung hatte mittlerweile ein hohes friedliches und moralisches Niveau erreicht, welches beim Islam noch nicht einmal zu vermuten war. Der Islam selbst unternahm nichts gegen diese Verbrechen, sie wurden toleriert!

Viele Jahre später für Nils

Die wenigste Abwechslung im Laufe der Jahre erlebte Nils, man könnte fast sagen, er fristete ein langweiliges Dasein. Dies war nicht der Fall, denn er litt hauptsächlich unter dem dauernden Verlust der Kommunikation mit anderen Menschen. Seine seelischen Tiefen machten ihm viel zu schaffen. Immer wieder stand er unter Lebensgefahr, obwohl er sich im Laufe der Jahre auf die Gefahren eingestellt hatte. Nils lebte, er konnte sich ernähren, sich weitestgehend schützen und mit Pflanzen, Tieren und sich selbst sprechen - bekam aber nie Antworten.

Nils und Louis

In großen Zeitabständen konnte Nils immer wieder Menschen erkennen, die eine gefesselte Person durch den Wald seiner Insel führten. Immer wieder gehörte die Frau zu dieser Gruppe, die er schon einmal kennengelernt hatte. Irgendwann überkam Nils eine solche Sehnsucht, gepaart mit der Angst des Ungewissen, dass er die Nähe dieser Frau suchte, denn ein Kontakt mit ihr verlief schon einmal friedlich. Nil sprach deutsch und die Frau eine Sprache, die er nicht ableiten konnte. Er verstand Gesten, Betonung und Handbewegungen, aber nicht die Worte der Sprache.

Bei einer weiteren Begegnung mit der Gruppe machte die Frau Nils gegenüber so zu verstehende Gesten, dass Nils mit ihrem Boot mitfahren sollte - für ihn ein ungewisses Abenteuer. Er wusste nicht, wie lange die Fahrt dauern würde und was ihn dort erwartete. Trotz aller möglichen Gefahren war sein Wunsch mit anderen Menschen in Kontakt zu treten so groß, dass er sich entschloss mitzufahren.

Das Meer war ruhig, der Wind reichte für eine zügige Fahrt. Bald war seine Insel nicht mehr zu erkennen, mehrere Stunden wurde das Boot auf einem sich nicht veränderten Kurs gesteuert. Die Sonne bewegte sich in einer Geschwindigkeit, die der Bootslenker zu kennen schien um den Kurs zu halten. Die Fahrt verlief nicht nur friedlich, sondern auch kommunikativ ohne zu verstehende Worte. Nach mehreren Stunden Fahrt, es dämmerte schon langsam, war am Horizont etwas zu sehen, aber für Nils nicht zu erkennen. Kurz vor Einbruch der Dunkelheit wurde das Boot in einem kleinen Hafen festgemacht. Dies schien für Nils das Ziel der Fahrt zu sein. „Wenn es hier unfreundlich zugeht, dann kann ich nicht mehr zurück", waren seine Gedanken und er haderte mit seiner Angst. Sie wurde ihm schnell genommen, denn mehrere Menschen kamen freundlich auf ihn zu und die Frau, die ihn mitgenommen hatte, schien den Zugelaufenen Erklärungen abzugeben. Er bekam zu essen und sein Nachtlager wurde ihm zugewiesen. Nils war erschöpft durch die neuen und ungewohnten Impressionen und schlief sofort ein.

Am nächsten Morgen erwachte Nils und erschrak wegen der unbekannten Umgebung. Die Frau, die ihn mit über das Meer genommen hatte und wahrscheinlich auf den Namen Mahia hörte, holte Nils ab und brachte ihn zu einem zentralen Platz der Siedlung. Dort speisten alle Bewohner gemeinsam und waren an Nils höchst interessiert. Sie hatten erstaunlicherweise keine Abscheu wegen seines wilden Aussehens. Mahia nahm Nils nach dem gemeinsamen Frühstück mit, um ihm das Haar ordentlich schneiden zu lassen, darüber hinaus wurde ihm ein Bad angeboten. Danach sah Nils recht adrett aus, zur Freude von Mahia. Nils war, so vermutete er, auf einer Insel mit hohem Gemeinschaftssinn und keinem feindlichen Ansinnen gelandet. Es dauerte einige Tage bis er dies begriff, sein Misstrauen legte sich. Die Bevölkerung wusste oder ahnte, dass Nils viele Jahre vereinsamt gelebt hatte und deswegen eine gewisse Scheu anderen Menschen gegenüber an den Tag legte.

Mahia sorgte dafür, dass sich Nils integrierten konnte.

Leider waren Nils Zähne im Laufe der Jahre aus mangelnder Pflege in Mitleidenschaft gezogen worden. Alle Zähne waren stabil und vollzählig, aber sahen aus wie geschliffener Bernstein. Auch Nils Odem war bewundernswert betäubend. Hygiene hatte bei den Bewohnern der Insel große Bedeutung. So gelang es den auf Zähne spezialisierten Personen Nils Mundraum zu sanieren. Sein Gebiss wurde ansehnlich weiß und der Geruch verschwand völlig. Interessant war für Nils, dass jeder Bewohner von allem etwas verstand, auch von Zahnhygiene. Er vermutete einen recht guten Bildungsstand, der aber nicht mit dem seiner Heimat vergleichbar war.

Es verging etwa ein Jahr bis Nils sich in der Gemeinschaft der Bewohner heimisch und geborgen fühlte, auch, wenn er zuerst den Eindruck von Wilden hatte. Dieses Urteil revidierte er schnell. Da Nils von Grunde auf ein hilfsbereiter Mensch war, brachte er sich schnell mit seiner Tatkraft in das tägliche Geschehen ein. Mahia half ihm, sie machte Nils nicht nur mit den Gewohnheiten der Bewohner vertraut, sondern zeigte ihm auch die Insel. Diese war in etwa zehn Siedlungen aufgeteilt. Ein kleiner Hafen stand zur Verfügung mit einem alten und verrotteten Trawler. Er war erstaunt über das „Straßennetz" und den sozialen Regeln.

Mittlerweile kannte er jedes Mitglied seiner Siedlung, natürlich auch die Ältesten, eine Art Gemeinschaftsrat, die Recht sprachen bei Vergehen. Da Nils jahrelang auf sich selbst angewiesen war und es dadurch keine Arbeitsteilung auf seiner Insel gab, konnte er sehr vielseitig und auch klug eingesetzt werden. Er interessierte sich sehr für den Transport - das „Straßennetz" - und war dort ein wertvoller Mitarbeiter. Er entwickelte sich über die vielen Monate zu einem Spezialisten für den Ausbau und den Erhalt des „Verkehrsnetzes". Alte Fähigkeiten kamen in ihm wieder hervor.

Durch diese Tätigkeit machte er, mit Mahias Hilfe, Bekanntschaft mit allen anderen Siedlungen auf der Insel. Er lernte sehr vieles kennen, beobachtete gut und erkannte eine Menge. Nach einiger Zeit übertrug man ihm die Verantwortung für das gesamte Netz. Es war für Nils immer noch schwierig, die Sprache der Insulaner richtig zu deuten, geschweige denn selbst zu artikulieren.

Mahia schien sich schon seit längerem in Nils verliebt zu haben, Nils erkannte die Gefühle, musste sie aber erst wieder in sein Bewusstsein bringen. Sie wurden ein Paar mit dem Wohlwollen des „Insel-Vorstehers".

Mittlerweile konnte er immer besser kommunizieren und lernte dadurch viele Menschen aus den unterschiedlichen Siedlungen kennen, auch den „Insel-Vorsteher" (andere würden ihn Häuptling nennen). Es entstand sogar eine Art Freundschaft zwischen Nils und dem „Insel-Vorsteher". Bei einem der Treffen versuchte der „Chef"

Nils deutlich zu machen, dass vor vielen Jahren ein Mann auf die Insel kam, dem Nils zum Verwechseln ähnlich sah.

An seiner Auffassungsgabe hatte Nils nichts eingebüßt, denn es schoss ihm wie ein Blitz durch den gesamten Körper: „Könnte das einer meiner Brüder sein?". Nils versuchte intensiv, den „Insel-Vorsteher" dazu zu bewegen ihm diesen Mann zu zeigen. Nach längeren gestenhaften und sprachlichen Hindernissen wurde der Wunsch verstanden und gewährt.

Der „Insel-Vorsteher", Nils und Mahia, liefen durch einen Wald zu einer anderen Siedlung. Dort gingen sie zum „Siedlungs-Vorsteher" um ihren Wunsch zu äußern. Man ging nun zu viert auf eine Hütte zu und der „Siedlungs-Vorsteher" rief einen Namen. Aus der Hütte trat ein Mann, der Nils zum Verwechseln ähnlich sah, alle Umstehenden staunten. Nils schluckte, dreht sich um und fiel auf die Knie – er weinte bitterlich! Er wurde von dem Anblick seines Bruders so sehr emotional bewegt, dass er zunächst zu keiner klaren Handlung fähig war, die Einsamkeit hatte ihn geprägt!

Der Mann, mit gleichem Aussehen wie Nils, erkannte sofort die Situation und lief schnell auf Nils zu, legte seine Hand auf seine Schulter und fragte „Nils?". Nils stand auf drehte sich um, nickte mit dem Kopf und sagte „Louis!". Alle Anwesenden deuteten die Situation richtig und brachten viel Verständnis für die Brüder auf.

Für die Insulaner waren die Brüder wertvolle Menschen im Miteinander der Gemeinschaft - daher wurde ihnen zu Ehren ein kleines Fest gegeben. Nils und Louis konnten sich auf Deutsch - ihrer gewohnten Muttersprache - unterhalten, es war für beide wie ein Geschenk des Himmels! Endlich ein Mensch, der mich völlig versteht, der die gleichen Wurzeln hat und ähnlich denkt und fühlt, dachten die Brüder unabhängig voneinander.

Natürlich sahen sich Nils und Louis fast täglich, die Inselbevölkerung achtete sie und entwickelte mehr und mehr Zuneigung zu beiden. So vergingen die Jahre.

Nils, Louis und James

James setzte sich im Laufe der Jahre immer mehr mit dem Hochseesegeln in der Umgebung von Hawaii auseinander und praktizierte es auch. Sein Wissen und seine Erfahrung reichten aus, um hierüber internationale Literatur zu publizieren. Bald wurde er als „Papst" der Hochsee angesehen, von Hawaii aus hatte er auch die besten Bedingungen für seine Profession. Er segelte auch alleine von Hawaii nach Kalifornien und zurück, von Hawaii nach Borneo und zurück. Einige Zeit danach gelang ihm eine Ein-Mann-Weltumseglung von Hawaii, über Borneo, Kuala Lumpur, Sri Lanka, Madagaskar, Brasilien, Venezuela, durch den Panama-Kanal und zurück nach Hawaii - in 11 Monaten - eine international anerkannte Meisterleistung! Diese extreme Reise verlief nicht ohne Probleme:

Im indischen Ozean segelte er nachts mit Hilfe des Autopiloten und rammte einen schwimmenden Container. Dieser Schaden war fatal! Es war Nacht, Wasser strömte mit dem Wellenschlag in das Schiffsinnere. Das Wasser als Zusatzgewicht war nicht so sehr das Problem, es bestand die Gefahr, dass alle elektronischen Geräte ausfielen und funktionsunfähig blieben. Mit Decken versuchte James das Leck abzudichten, was ihm gelang. Nachdem sich die ersten Sonnenstrahlen zeigten, konnte sich James einen Eindruck über den Schaden machen. Noch hielten die Decken das Wasser ab.

James war für alle denkbaren Fälle gerüstet. So versuchte er sein Boot am Bug anzuheben, indem er es an dem schwimmenden Container mit einem Flaschenzug befestigte. Erst dann konnte er die Decken entfernen, denn nun drang kein Wasser mehr durch das Leck ins Schiffsinnere. Mit Kunstharz und Fiberglasmatten dichtete er das Loch ab. Damit war nach dem Trocknen die nötigste Reparatur erledigt. Erst nachdem von außen mehrere Schichten Fiberglasmatten mit Kunstharz aufgelegt wurden, war die Reparatur perfekt. Nach der Trocknung löste James die Leinen von dem Container und setzte seine Reise fort. Die Reparatur dauerte etwa eine Woche.

Nachdem James wieder nach Hawaii zurückgekehrt war und sich erholen hatte, schmiedete er neue Pläne. Weit im Westen lagen viele fast unbekannte Inseln, diese zu erforschen war sein Wunsch. Er setzte sich mit Kartographen zusammen, um die Inselwelt zwischen Hawaii und Borneo zu studieren. Sein Interesse galt den kleineren Inseln, aber nicht den Kleinstinseln.

Nach sechs Monaten Vorbereitung verließ James mit seinem Segler Hawaii - Kurs Westen. Mittlerweile war er ein Routinier über lange Strecken und Zeiten alleine zu segeln. Daher war die Route Richtung Marchall-Inseln und Borneo fast Routine. Seine größten Bedenken bestanden darin, wieder einer Kollision nicht ausweichen zu können. Daher segelte er nachts mit Minimalgeschwindigkeit. Ein neues Radargerät sollte Alarm geben, wenn sich voraus ein schwimmender Gegenstand ausmachen ließe. Der Sauerstoffgehalt des Wassers, in dem von ihm befahrenen Revier war geringer als in anderen Regionen. Dies hatte sonderbarerweise die Wirkung, dass sich insbesondere Wale mehr an der Oberfläche aufhielten.

James konnte unmöglich ständig Ausschau halten, denn es waren viele Arbeiten an Bord zu erledigen und er musste auch schlafen. Eines Tages segelte er, immer noch auf seiner Route Richtung Westen, in ein Gebiet mit Müll, der die ganze Wasseroberfläche bedeckte. Es stank fürchterlich, Plastik, Dosen, Kleidung, alles was man sich schwimmend auf dem Wasser vorstellen konnte verdreckte das Meer. Wäre James mit einem Motorboot gefahren, wären die Schauben sicherlich durch den Schmutz in Mitleidenschaft gezogen worden. Zum Glück segelte James und nach langen zwei Stunden war die Dreckfahrt endlich beendet.

Die erste Insel lag zehn Meilen voraus. Die Umrisse waren immer besser zu erkennen, und James näherte sich seinem Ziel. Das Problem in diesen unbekannten und nicht sauber kartographierten Regionen lag allerdings darin, dass die Tiefen und die Beschaffenheit des Grundes ungewiss waren. James fuhr, fast in Schleichfahrt, auf die Insel zu, um nach einem sicheren Ankerplatz Ausschau halten zu können. Auf seinen Tiefenmesser musste er sich absolut verlassen, denn Grundberührung mit dem Kiel hätte eine katastrophale Auswirkung gehabt. Ein Ende der Fahrt wäre dann unter Umständen die Folge!

Er fand einen ruhigen und sicheren Ankerplatz in einer geschützten Bucht mit sandigem Untergrund - dies beruhigte ihn, denn er wollte einmal richtig ausschlafen. Am nächsten Morgen machte er seinen Tender (Beiboot) klar, um an den Strand der Insel zu gelangen. Außer Bäumen und Sträuchern fand er nichts Besonderes. In zwei Tagen dokumentierte er seine Sichtung und nahm danach den Anker hoch. Er segelte zur nächsten Insel. Nach fünf weiteren Begehungen und Sichtungen gelangte er zu einer Insel mit einem kleinen Hafen - hier lebten offensichtlich Menschen. Er musste hier Halt machen, da ein Segel defekt war. Neben einem verkommenen Trawler machte er fest. Einige Bewohner kamen neugierig an die Pier und liefen erschrocken wieder zurück. Nach wenigen Stunden war das neue Segel angebracht und James verlies diese Insel.

Als James wieder auf See sämtliche Segel setzen konnte, stellte er fest, dass sein repariertes Problem nicht ein Tuch betraf, sondern die Führung der Leinen. Dieses Problem konnte fatale Auswirkungen haben, denn bei dem nächsten stärkeren Wind würde es die Führungen aus dem Mast reißen. Er musste den Fehler beheben, denn an ein Weierfahren war unter diesen Bedingungen nicht zu denken.

Abermals in dem kleinen Inselhafen angekommen, machte er sich sofort an die Reparatur. Obwohl er seine Route sehr gut geplant hatte und Ersatzteile in ausreichendem Maße vorhanden waren, konnte er diese Reparatur nur mit großem Aufwand meistern. Und wieder kamen Menschen auf die Pier, diesmal liefen sie nicht davon, starrten James aber mit große Augen an. James versuchte mit den Einheimischen zu kommunizieren, dies gelang trotz Gebärdensprache nicht. Die Insulaner redeten hektisch kreuz und quer, James verstand natürlich kein Wort.

Nach ein paar Tagen Aufenthalt kamen wieder viele Neugierige unter anderem zwei Männern. Diese Männer riefen laut und zeitgleich: „James!". Es ergab sich eine hochemotionale Szene zwischen drei Männern - den Drillingen Robinson! Auch hier nahm die Inselbevölkerung großen Anteil. Die mittlerweile älteren Drillinge waren überglücklich und verbrachten viele Stunden miteinander. Jeder erzählte seine Geschichte, sein Leben. Sie empfanden ein hohes Glücksempfinden. Für James war sein

Erkundungsplan beendet, es war ihm viel wichtiger mit seinen Brüdern gemeinsam Zeit zu verbringen.

Nils erzählte, dass er Jahrzehnte lang alleine auf einer Insel zum Teil unter Lebensgefahr gelebt hatte. Er litt unter der Einsamkeit und verspürte große Sehnsucht nach seiner Heimat und seinen Brüdern.

Louis konnte schon mehr berichten, denn er hat sich nach der Havarie in einer Gemeinschaft eingelebt, die ihm ein neues Zuhause gab. Auch er spürte die Sehnsucht nach Heimat und Familie.

James konnte in der gewohnten Zivilisation, wenn auch in einem anderen Land mit einer fremden Sprache, weiterleben. Hawaii war weit weg von kritischen Punkten des Erdballs. Was er aber aus seiner Heimat Deutschland zu berichten hatte war erschreckend: Im Laufe der Jahrzehnte nahm der Islam in Europa, insbesondere in Deutschland, überhand. Kirchen wurden zu Moscheen umfunktioniert, die Gesetze wurden mehr und mehr dem Islam angepasst, Deutschlands Produktivität sank weiter. Die Informationstechnik verunsicherte die Bevölkerung völlig, niemand wusste mehr was wahr oder falsch war. Die Menschen wurden mit massenpsychologischen Methoden gesteuert, der gesunde Menschenverstand wurde dadurch eliminiert. Die Bevölkerung wurde zum Teil völlig verweichlicht, verrohte aber auch. Millionen Afrikaner fielen in Europa ein, ohne dass irgendeine politische Strömung etwas dagegen unternahm. Diese Situation endete im

Bürgerkrieg! James mochte nicht mehr nach Europa, nicht mehr nach Deutschland und auch nicht mehr in sein geliebtes Bad Homburg zurückkehren.

Die Brüder tauschten sich über viele Tage aus und kamen zu einem Schluss: Nils und Louis waren inzwischen zu alt, um sich neu auf Hawaii anzusiedeln und James war recht zufrieden mit seinem Leben auf der Insel. Die Drillinge Robinson einigten sich nun darauf, dass so lange sie lebten, James seine Brüder alle halbe Jahr besuchen würde.

Alle drei waren überglücklich und lebten noch einige Zeit. Schließlich starben die Drillinge innerhalb eines Jahres. Die Insulaner verehrten Nils und Louis danach sehr und James wurde in Hawaii mit staatlichen Ehren beigesetzt.

Eine Meinung aus dem Jahre 2017

Wolfgang Bok, September 2017, Die Flüchtlingskosten sind ein deutsches Tabuthema.

Deutschland hat sich in der Aufnahme von Flüchtlingen äußerst großherzig gezeigt. Wie es mit der „Willkommenskultur" weitergeht, ist jedoch ungewiss. Die Kosten drücken gewaltig.

Die deutschen Wahlkämpfer gehen wie auf Stelzen durch das Land. Sie reden und versprechen dieses und jenes, doch die Flüchtlingskrise, welche die Menschen seit zwei Jahren umtreibt und nach allen Umfragen ganz oben auf der Liste ihrer Sorgen steht, wird meist ignorant übergangen. So kommt es dass es unter dem Firnis der ökonomischen Zufriedenheit gewaltig „brodelt und rumort", wie das auf Tiefeninterviews spezialisierte Rheingold-Institut es in dieser Heftigkeit noch nie festgestellt hat.

Empört seien die besorgten Bürger vor allem, weil sie keine Antwort auf drängende Fragen bekämen: Wie viele Migranten aus fremden Kulturen wird Deutschland noch aufnehmen? Wie steht es um die (Nicht-) Integration der insgesamt rund 1,7 Millionen Menschen (2017), die seit 2014 einen Antrag auf Asyl gestellt haben? Was kostet die offiziell ausgerufene „Willkommenskultur", und wer bezahlt dafür? Man fühlt sich an den Elefant erinnert, der für jeden sichtbar im Raum steht, den aber niemand ansprechen will.

Das gelingt auch deshalb, weil dieser Elefant zwar im Raum steht, aber nicht in voller Größe in Erscheinung tritt. Die Flüchtlingskosten werden auf viele Etats verteilt. Wer bei der Berliner Regierung nach der Gesamtsumme fragt, wird in ein Labyrinth von Statistiken und Zuständigkeiten geschickt. Nur die eine entscheidende Zahl gibt es nicht: die aller Aufwendungen für einen klar definierten Personenkreis. Für ein Land, das sonst jede Schraube zählt, ist das nur mit der Angst vor dem Bürger zu erklären. Der Bochumer Verwaltungswissenschaftler Jörg Bogumil

hat zudem ein „eklatantes Kompetenz- und Organisationsversagen"
ausgemacht.

Es handelt sich schließlich nicht um Kleinigkeiten, sondern um
gewaltige Etatposten. Allein der Bund will von 2016 bis 2020 zur
Versorgung der Flüchtlinge 93,6 Milliarden Euro zur Verfügung
stellen. Da die Bundesländer klagen, allenfalls die Hälfte der Kosten
erstattet zu bekommen, wären also jährlich zwischen 30 und 40
Milliarden zu veranschlagen (aus Sicht des Jahres 2017). Unklar
bleibt ob dabei die zusätzlichen Ausgaben für 180.000 neue
Kindertagesplätze, 2.400 zusätzliche Grundschulen und die
zugesagten 15.000 Polizisten eingerechnet sind.

Bertelsmann redet die Integration von Muslimen in Deutschland
schön (Benedict Neff, 3.9.2017)

Allein die Verwaltungsgerichte fordern 2.000 weitere Richter, um
die Asyl-Klagewelle zu bewältigen, die sich seit 2015 auf 200.000
Widerspruchsverfahren vervierfacht hat. Das Robert-Koch-Institut
wiederum weist auf eine drastische Zunahme gefährlicher
Infektionskrankheiten wie Tuberkulose oder Aids hin, die mit den
Flüchtlingen ins Land gekommen sind.

Indirekt bestätigt Entwicklungshilfeminister Gerd Müller derlei
hohe Summen. Der CDU-Politiker rechnet vor: „Für eine Millionen
Flüchtlinge geben Bund, Länder und Gemeinden 30 Milliarden Euro
im Jahr aus. Das Geld wäre in den Herkunftsländern besser
angelegt." Das Institut der Deutschen Wirtschaft (IW) kommt auf

den Betrag von 50 Milliarden, den auch der Sachverständigenrat für 2017 errechnet hat. Das Kieler Institut für Wirtschaftsforschung kalkuliert mit bis zu 55 Milliarden Euro pro Jahr.

Zum Vergleich: Mit dieser Summe müssen die Bundesministerien für Verkehr (27,91), für Bildung und Forschung (17,65), sowie für Familien, Frauen, Senioren und Jugend (9,52) in diesem Wahljahr zusammen auskommen. Oder anders ausgedrückt: Legt man nur die Kalkulation von Minister Müller zugrunde, so kostet jeder Schutzsuchende in Deutschland 2.500 Euro pro Monat. Das entspricht der Steuerlast von zwölf Durchschnittsverdienern (3.000 Euro pro Monat, Steuerklasse III); oder der von fünf Singles (Steuerklasse I) in dieser mittleren Einkommensklasse. Für einen unbegleiteten jugendlichen Migranten werden sogar bis zu 5.000 Euro im Monat veranschlagt (diese Gelder werden zu einem erheblichen Teil ins Ausland zu den Familien transferiert, werden also nicht in Deutschland ausgegeben).

Inzwischen behauptet kein Ökonom oder Manager mehr, dass die massenhafte Zuwanderung für den deutschen Staat ein Segen sei. Im Gegenteil: Wegen des geringen Bildungsniveaus kalkuliert der Finanzwissenschaftler Bernd Raffelhüschen, „dass jeder Flüchtling in seiner Lebenszeit per Saldo 450.000 Euro kostet." Bei zwei Millionen Zugewanderten bis 2018 summiere sich das auf Gesamtkosten von 900 Milliarden Euro.

Allerdings könnten die Zahlen noch höher sein wegen der vielen Langzeitarbeitslosen. Tatsächlich sind bis jetzt (2017) nur 13 % der Flüchtlinge erwerbstätig, und das auch nur als Praktikant oder Hilfskraft. Denn 59 % von ihnen verfügen über keinen Schulabschluss, viele sind Analphabeten.

Entsprechend düster sind die Perspektiven. Doch darüber redet man in der deutschen Politik und in der deutschen Medienlandschaft lieber nicht, oder wenn, dann nur sehr gewunden.

Fazit

Von den drei Drillingen scheint mir - als Autor - Louis das beste Los gezogen zu haben, wenn man im Laufe der drei Lebensweisen das Positive und Negative gewichtet. Louis litt zwar unter Heimweh und Sehnsucht nach seiner Familie, aber das empfand Nils noch gravierender. James lebte bis zu einem gewissen Alter und politischer Situation in seiner Heimat Deutschland, aber er verlor den Glauben an den menschlichen Verstand und den Volks-Zusammenhalt völlig. Wie konnte ein so starkes Land wie Deutschland nur so abrutschen oder sich schwächen lassen! Die in James Artikel aufgezeigten Ereignisse und Gründe der Negativ-Veränderung wurden nur zu einem sehr kleinen Teil wiedergegeben. Louis war der glücklste, auf seiner Insel: er erlebte ehrliche Menschlichkeit ohne spürbarem Neid und Missgunst - ein sozialgesellschaftliches Glück.

„Ich fürchte den Tag, an dem die Technologie unsere Menschlichkeit überholt. Die Welt wird dann von Idioten sein."

„Was für eine Welt könnten wir bauen, wenn wir die Kräfte, die ein Krieg entfesselt, für den Aufbau einsetzen."

„Ich bin nicht sicher mit welchen Waffen der Dritte Weltkrieg ausgetragen wird, aber im Vierten Weltkrieg werden sie mit Stöcken und Steinen kämpfen."

„Wer der Masse folgt, wird gewöhnlich nicht weiter kommen als die Masse. Wer alleine marschiert, wird sich wahrscheinlich an Orten wiederfinden, an denen noch keiner zuvor gewesen ist."

„Wer Freude daran empfindet im Gleichschritt zu marschieren, hat sein Gehirn aus Versehen bekommen."

„Die Welt ist vielleicht zu gefährlich, um darin zu leben – nicht wegen der Menschen die Böses tun, sondern wegen der Menschen, die daneben stehen und sie gewähren lassen."

„Die reinste Form des Wahnsinns ist es, alles beim Alten zu belassen und gleichzeitig zu hoffen, dass sich etwas ändert."

„Unter den Menschen gibt es viel mehr Kopien als Originale."

„Fallen ist weder gefährlich noch eine Schande, liegenbleiben ist beides."

„Hüte dich vor Menschen, die ihre eigenen Lügen für die absolute Wahrheit halten. Überführst Du sie in der Lüge, drehen sie das Wort noch im Mund herum."

„Der Horizont vieler Menschen ist wie ein Kreis mit Radius Null. Und das nennen sie dann ihren Standpunkt."

„Wenn die meisten sich schon armseliger Kleidung und Möbel schämen, wie viel mehr sollten wir uns da erst armseliger Ideen und Weltanschauungen schämen."

„Wenn jemand sagt: Das geht nicht! Denke daran: Das sind seine Grenzen, nicht deine!"

„Wenn du zu oft verzeihst, gewöhnt der Mensch sich daran dich zu verletzen."

„Genieße deine Zeit, denn du lebst jetzt und heute. Morgen kannst du gestern nicht nachholen und später kommt früher als du denkst."